Monday or Tuesday
Lunes o martes

Virginia Woolf

Monday or Tuesday
Lunes o martes

Texto paralelo bilingüe
Bilingual edition

Ingles - Español
English - Spanish

texto en español, traducido del inglés por Guillermo Tirelli

Rosetta Edu

Título original: *Monday or Tuesday*

Primera publicación: 1921

Primera edición: Febrero 2023

Publicado por Rosetta Edu
Londres, Febrero 2023
www.rosettaedu.com

ISBN: 978-1-915088-17-8

Rosetta Edu
Ediciones bilingües

Páginas enfrentadas
Páginas enfrentadas de la traducción y texto original en libros impresos.

Párrafos alineados en libros impresos
En libros impresos, los párrafos alineados entre los dos idiomas facilitan la comparación y la comprensión, ahorrando la necesidad de referirse constantemente al diccionario.

Párrafos enlazados en libros electrónicos
En libros electrónicos la comparación y la comprensión son facilitadas por citas al pie colocadas al principio de cada párrafo enlazando el texto en el idioma original y su traducción.

Integridad y fidelidad
Traducciones íntegras, fieles y no abreviadas del texto original.

Cuidado del vocabulario
Traducciones especiales para ediciones bilingües, con especial cuidado por la hegemonía de vocabulario utilizando glosarios en el proceso de traducción.

Contexto educativo
Ediciones enfocadas a estudiantes intermedios y avanzados del idioma original del texto en libros coleccionables y aptos para el contexto educativo.

INDICE

A HAUNTED HOUSE

Whatever hour you woke there was a door shutting. From room to room they went, hand in hand, lifting here, opening there, making sure—a ghostly couple.

«Here we left it,» she said. And he added, «Oh, but here too!» «It's upstairs,» she murmured. «And in the garden,» he whispered. «Quietly,» they said, «or we shall wake them.»

But it wasn't that you woke us. Oh, no. «They're looking for it; they're drawing the curtain,» one might say, and so read on a page or two. «Now they've found it,» one would be certain, stopping the pencil on the margin. And then, tired of reading, one might rise and see for oneself, the house all empty, the doors standing open, only the wood pigeons bubbling with content and the hum of the threshing machine sounding from the farm. «What did I come in here for? What did I want to find?» My hands were empty. «Perhaps it's upstairs then?» The apples were in the loft. And so down again, the garden still as ever, only the book had slipped into the grass.

But they had found it in the drawing room. Not that one could ever see them. The window panes reflected apples, reflected roses; all the leaves were green in the glass. If they moved in the drawing room, the apple only turned its yellow side. Yet, the moment after, if the door was opened, spread about the floor, hung upon the walls, pendant from the ceiling—what? My hands were empty. The shadow of a thrush crossed the carpet; from the deepest wells of silence the wood pigeon drew its bubble of sound. «Safe, safe, safe,» the pulse of the house beat softly. «The treasure buried; the room ...» the pulse stopped short. Oh, was that the buried treasure?

A moment later the light had faded. Out in the garden then? But the trees spun darkness for a wandering beam of sun. So fine, so rare, coolly sunk beneath the surface the beam I sought always burnt behind the glass. Death was the glass; death was between us; coming to the woman first, hundreds of years ago, leaving the house, sealing all the windows; the rooms were darkened. He left it, left her, went North, went East, saw the stars turned in the Southern sky; sought the house, found it dropped beneath the Downs. «Safe, safe, safe,» the

UNA CASA ENCANTADA

A cualquier hora que te despertaras había una puerta cerrándose. Iban de habitación en habitación, de la mano, levantando por aquí, abriendo por allá, asegurándose... una pareja fantasmal.

«Aquí lo dejamos», dijo ella. Y añadió, «¡oh, pero aquí también!». «Está arriba», murmuró ella. «Y en el jardín», susurró él. «En silencio», dijeron, «o los despertaremos».

Pero no fueron ustedes los que nos despertaron. Oh, no. «Lo están buscando; están corriendo la cortina», una diría, y así se leería en una o dos páginas. «Ahora lo han encontrado», una estaría segura, deteniendo el lápiz en el margen. Y entonces, cansada de leer, una podía levantarse y ver por sí misma, la casa toda vacía, las puertas abiertas, sólo las palomas torcaces burbujeando su contenido y el zumbido de la trilladora sonando desde la granja. «¿Para qué he venido aquí? ¿Qué venía a buscar?». Mis manos estaban vacías. «¿Quizás esté arriba entonces?». Las manzanas estaban en el desván. Y así, abajo de nuevo, el jardín seguía como siempre, sólo el libro se había deslizado en la hierba.

Pero lo habían encontrado en el salón. No es que una pudiera verlos. Los cristales de las ventanas reflejaban manzanas, reflejaban rosas; todas las hojas eran verdes en el cristal. Si se movían en el salón, la manzana sólo mostraba su lado amarillo. Sin embargo, un momento después, si se abría la puerta, se extendía por el suelo, colgaba de las paredes, pendía del techo... ¿qué? Mis manos estaban vacías. La sombra de un tordo cruzaba la alfombra; de los pozos más profundos del silencio la paloma torcaz sacaba su burbuja de sonido. «A salvo, a salvo, a salvo», el pulso de la casa latía suavemente. «El tesoro enterrado; la habitación...», el pulso se detuvo en seco. ¿Era ese el tesoro enterrado?

En un instante la luz se había desvanecido. Entonces, ¿en el jardín? Pero los árboles tejían la oscuridad para que un rayo de sol errante se destacara. Tan fino, tan raro, fríamente hundido bajo la superficie el rayo que yo buscaba siempre ardía tras el cristal. La muerte era el cristal; la muerte estaba entre nosotros; llegando primero a la mujer, hace cientos de años, dejando la casa, sellando todas las ventanas; las habitaciones se oscurecieron. Lo dejó, la dejó a ella, se dirigió al Norte, se dirigió al Este, vio las estrellas girar en el cielo del Sur; buscó la casa, la

pulse of the house beat gladly. «The Treasure yours.»

The wind roars up the avenue. Trees stoop and bend this way and that. Moonbeams splash and spill wildly in the rain. But the beam of the lamp falls straight from the window. The candle burns stiff and still. Wandering through the house, opening the windows, whispering not to wake us, the ghostly couple seek their joy.

«Here we slept,» she says. And he adds, «Kisses without number.» «Waking in the morning—» «Silver between the trees—» «Upstairs—» «In the garden—» «When summer came—» «In winter snowtime—» The doors go shutting far in the distance, gently knocking like the pulse of a heart.

Nearer they come; cease at the doorway. The wind falls, the rain slides silver down the glass. Our eyes darken; we hear no steps beside us; we see no lady spread her ghostly cloak. His hands shield the lantern. «Look,» he breathes. «Sound asleep. Love upon their lips.»

Stooping, holding their silver lamp above us, long they look and deeply. Long they pause. The wind drives straightly; the flame stoops slightly. Wild beams of moonlight cross both floor and wall, and, meeting, stain the faces bent; the faces pondering; the faces that search the sleepers and seek their hidden joy.

«Safe, safe, safe,» the heart of the house beats proudly. «Long years—» he sighs. «Again you found me.» «Here,» she murmurs, «sleeping; in the garden reading; laughing, rolling apples in the loft. Here we left our treasure—» Stooping, their light lifts the lids upon my eyes. «Safe! safe! safe!» the pulse of the house beats wildly. Waking, I cry «Oh, is this *your* buried treasure? The light in the heart.»

encontró caída debajo de los Downs. «A salvo, a salvo, a salvo», el pulso de la casa latía alegremente. «El tesoro es suyo».

El viento ruge por la avenida. Los árboles se inclinan y se doblan hacia un lado y otro. Los rayos de luna salpican y se derraman salvajemente en la lluvia. Pero el haz de la lámpara cae directamente desde la ventana. La vela arde rígida y quieta. Paseando por la casa, abriendo las ventanas, susurrando para no despertarnos, la pareja fantasmal busca su alegría.

«Aquí dormimos», dice ella. Y él añade, «besos sin número». «Despertando por la mañana...». «Plata entre los árboles...». «Arriba...». «En el jardín...». «Cuando llegó el verano...». «En invierno, la nieve...». Las puertas se cierran a lo lejos, golpeando suavemente como el pulso de un corazón.

Se acercan; se detienen en la puerta. El viento cae, la lluvia se desliza plateada por el cristal. Nuestros ojos se oscurecen; no oímos ningún paso a nuestro lado; no vemos a la dama extender su fantasmal manto. Sus manos protegen la linterna. «Mira», respira. «Duermen profundamente. El amor en sus labios».

Inclinándose, sosteniendo su lámpara de plata sobre nosotros, miran larga y profundamente. Se detienen por mucho tiempo. El viento se dirige directamente; la llama se inclina ligeramente. Rayos salvajes de luz de luna cruzan el suelo y la pared y, al encontrarse, manchan los rostros inclinados; los rostros que reflexionan; los rostros que escudriñan a los durmientes y buscan su alegría oculta.

«A salvo, a salvo, a salvo», late orgulloso el corazón de la casa. «Largos años...», suspira él. «Otra vez me encontraste». «Aquí», murmura ella, «durmiendo; en el jardín leyendo; riendo, haciendo rodar manzanas en el desván. Aquí dejamos nuestro tesoro...». Inclinándose, su luz levanta los párpados de mis ojos. «¡A salvo!, ¡a salvo!, ¡a salvo!», el pulso de la casa late salvajemente. Despertando, grito «oh, ¿es este *tu* tesoro enterrado? La luz en el corazón».

A SOCIETY

This is how it all came about. Six or seven of us were sitting one day after tea. Some were gazing across the street into the windows of a milliner's shop where the light still shone brightly upon scarlet feathers and golden slippers. Others were idly occupied in building little towers of sugar upon the edge of the tea tray. After a time, so far as I can remember, we drew round the fire and began as usual to praise men—how strong, how noble, how brilliant, how courageous, how beautiful they were—how we envied those who by hook or by crook managed to get attached to one for life—when Poll, who had said nothing, burst into tears. Poll, I must tell you, has always been queer. For one thing her father was a strange man. He left her a fortune in his will, but on condition that she read all the books in the London Library. We comforted her as best we could; but we knew in our hearts how vain it was. For though we like her, Poll is no beauty; leaves her shoe laces untied; and must have been thinking, while we praised men, that not one of them would ever wish to marry her. At last she dried her tears. For some time we could make nothing of what she said. Strange enough it was in all conscience. She told us that, as we knew, she spent most of her time in the London Library, reading. She had begun, she said, with English literature on the top floor; and was steadily working her way down to the *Times* on the bottom. And now half, or perhaps only a quarter, way through a terrible thing had happened. She could read no more. Books were not what we thought them. «Books,» she cried, rising to her feet and speaking with an intensity of desolation which I shall never forget, «are for the most part unutterably bad!»

Of course we cried out that Shakespeare wrote books, and Milton and Shelley.

«Oh, yes,» she interrupted us. «You've been well taught, I can see. But you are not members of the London Library.» Here her sobs broke forth anew. At length, recovering a little, she opened one of the pile of books which she always carried about with her—«From a Window» or «In a Garden,» or some such name as that it was called, and it was written by a man called Benton or Henson, or something of that kind. She read the first few pages. We listened in silence. «But

UNA SOCIEDAD

Así es como sucedió todo. Seis o siete de nosotras estábamos sentadas un día después del té. Algunas miraban al otro lado de la calle, hacia
los escaparates de una sombrerería, donde la luz aún brillaba sobre las
plumas escarlatas y las zapatillas doradas. Otras estaban ociosamente ocupadas en construir pequeñas torres de azúcar en el borde de la
bandeja de té. Al cabo de un rato, por lo que recuerdo, nos reunimos en
torno al fuego y empezamos, como de costumbre, a elogiar a los hombres —lo fuerte, lo noble, lo brillante, lo valiente, lo hermoso que eran, y
cómo envidiábamos a las que por las buenas o por las malas conseguían
unirse a uno de ellos de por vida— cuando Poll, que no había dicho nada,
rompió a llorar. Poll, debo decirlo, siempre ha sido rara. Por un lado, su
padre era un hombre extraño. Le dejó una fortuna en su testamento,
pero con la condición de que leyera todos los libros de la Biblioteca de
Londres. La consolamos lo mejor que pudimos; pero sabíamos en nuestros corazones que era en vano. Porque, aunque nos gustara, Poll no es
una belleza; se deja los cordones de sus zapatos desatados; y debe haber
estado pensando, mientras alabábamos a los hombres, que ninguno de
ellos desearía casarse con ella. Por fin se secó las lágrimas. Durante algún tiempo no pudimos entender nada de lo que dijo. Ya bastante extraño nos resultaba. Nos dijo que, como sabíamos, pasaba la mayor parte
del tiempo en la Biblioteca de Londres, leyendo. Había comenzado, dijo,
con la literatura inglesa en el último piso; e iba descendiendo paulati-
namente hasta el *Times* en la planta baja. Y ahora, a mitad de camino,
o tal vez sólo la cuarta parte, había ocurrido algo terrible. No podía leer
más. Los libros no eran lo que creíamos. «Los libros», gritó, poniéndose
en pie y hablando con una intensidad de desolación que nunca olvidaré,
«¡son en su mayoría indeciblemente malos!».

Por supuesto, gritamos que Shakespeare escribió libros, y Milton y
Shelley.

«Oh, sí», nos interrumpió. «Veo que les han enseñado bien. Pero no
son miembros de la Biblioteca de Londres». Aquí sus sollozos estallaron
nuevamente. Al final, recuperándose un poco, abrió uno de los libros
que siempre llevaba consigo... *Desde una ventana* o *En un jardín*, o algún
nombre parecido, y estaba escrito por un hombre llamado Benton o
Henson, o algo por el estilo. Ella leyó las primeras páginas. Escuchamos
en silencio. «Pero eso no es un libro», dijo alguien. Así que ella eligió

that's not a book,» someone said. So she chose another. This time it was a history, but I have forgotten the writer's name. Our trepidation increased as she went on. Not a word of it seemed to be true, and the style in which it was written was execrable.

«Poetry! Poetry!» we cried, impatiently. «Read us poetry!» I cannot describe the desolation which fell upon us as she opened a little volume and mouthed out the verbose, sentimental foolery which it contained.

«It must have been written by a woman,» one of us urged. But no. She told us that it was written by a young man, one of the most famous poets of the day. I leave you to imagine what the shock of the discovery was. Though we all cried and begged her to read no more, she persisted and read us extracts from the Lives of the Lord Chancellors. When she had finished, Jane, the eldest and wisest of us, rose to her feet and said that she for one was not convinced.

«Why,» she asked, «if men write such rubbish as this, should our mothers have wasted their youth in bringing them into the world?»

We were all silent; and, in the silence, poor Poll could be heard sobbing out, «Why, why did my father teach me to read?»

Clorinda was the first to come to her senses. «It's all our fault,» she said. «Every one of us knows how to read. But no one, save Poll, has ever taken the trouble to do it. I, for one, have taken it for granted that it was a woman's duty to spend her youth in bearing children. I venerated my mother for bearing ten; still more my grandmother for bearing fifteen; it was, I confess, my own ambition to bear twenty. We have gone on all these ages supposing that men were equally industrious, and that their works were of equal merit. While we have borne the children, they, we supposed, have borne the books and the pictures. We have populated the world. They have civilized it. But now that we can read, what prevents us from judging the results? Before we bring another child into the world we must swear that we will find out what the world is like.»

So we made ourselves into a society for asking questions. One of us was to visit a man-of-war; another was to hide herself in a scholar's

otro. Esta vez era un libro de historia, pero he olvidado el nombre del escritor. Nuestra inquietud aumentaba a medida que ella avanzaba. Ni una sola palabra parecía ser cierta, y el estilo en el que estaba escrito era execrable.

«¡Poesía! ¡Poesía!», gritamos, impacientes. «¡Léenos poesía!». No puedo describir la desolación que se apoderó de nosotras cuando ella abrió un pequeño volumen y pronunció las tonterías verbales y sentimentales que contenía.

«Debe haber sido escrito por una mujer», instó una de nosotras. Pero no. Nos dijo que lo había escrito un joven, uno de los poetas más famosos de la época. Les dejo que se imaginen la conmoción que supuso el descubrimiento. Aunque todas gritamos y le rogamos que no leyera más, insistió y nos leyó extractos de las *Vidas de los Lords Cancilleres*. Cuando terminó, Jane, la mayor y más sabia de nosotras, se puso de pie y dijo que no estaba convencida.

«¿Por qué», preguntó, «si los hombres escriben semejante basura, nuestras madres habrán desperdiciado su juventud al traerlos al mundo?».

Todas nos quedamos calladas; y, en el silencio, se oyó a la pobre Poll sollozar, diciendo, «¿por qué, por qué mi padre me enseñó a leer?».

Clorinda fue la primera en entrar en razón. «Todo es culpa nuestra», dijo. «Todas sabemos leer. Pero nadie, salvo Poll, se ha tomado la molestia de hacerlo. Yo, por ejemplo, he dado por sentado que el deber de una mujer era dedicar su juventud a tener hijos. Veneraba a mi madre por dar a luz a diez; más aún a mi abuela por dar a luz a quince; confieso que mi propia ambición era dar a luz a veinte. Hemos pasado todas estas épocas suponiendo que los hombres eran tan laboriosos como nosotras y que sus obras tenían el mismo mérito. Mientras nosotras hemos dado a luz a los niños, ellos, suponíamos, han dado a luz a los libros y a las imágenes. Nosotras hemos poblado el mundo. Ellos lo han civilizado. Pero ahora que podemos leer, ¿qué nos impide juzgar los resultados? Antes de traer otro niño al mundo debemos jurar que nos enteraremos de cómo es el mundo».

Así que nos convertimos en una sociedad que hacía preguntas. Una de nosotras iba a visitar un veterano de guerra; otra iba a esconderse en

study; another was to attend a meeting of business men; while all were to read books, look at pictures, go to concerts, keep our eyes open in the streets, and ask questions perpetually. We were very young. You can judge of our simplicity when I tell you that before parting that night we agreed that the objects of life were to produce good people and good books. Our questions were to be directed to finding out how far these objects were now attained by men. We vowed solemnly that we would not bear a single child until we were satisfied.

Off we went then, some to the British Museum; others to the King's Navy; some to Oxford; others to Cambridge; we visited the Royal Academy and the Tate; heard modern music in concert rooms, went to the Law Courts, and saw new plays. No one dined out without asking her partner certain questions and carefully noting his replies. At intervals we met together and compared our observations. Oh, those were merry meetings! Never have I laughed so much as I did when Rose read her notes upon «Honour» and described how she had dressed herself as an Æthiopian Prince and gone aboard one of His Majesty's ships. Discovering the hoax, the Captain visited her (now disguised as a private gentleman) and demanded that honour should be satisfied. «But how?» she asked. «How?» he bellowed. «With the cane of course!» Seeing that he was beside himself with rage and expecting that her last moment had come, she bent over and received, to her amazement, six light taps upon the behind. «The honour of the British Navy is avenged!» he cried, and, raising herself, she saw him with the sweat pouring down his face holding out a trembling right hand. «Away!» she exclaimed, striking an attitude and imitating the ferocity of his own expression, «My honour has still to be satisfied!» «Spoken like a gentleman!» he returned, and fell into profound thought. «If six strokes avenge the honour of the King's Navy,» he mused, «how many avenge the honour of a private gentleman?» He said he would prefer to lay the case before his brother officers. She replied haughtily that she could not wait. He praised her sensibility. «Let me see,» he cried suddenly, «did your father keep a carriage?» «No,» she said. «Or a riding horse!» «We had a donkey,» she bethought her, «which drew the mowing machine.» At this his face lighted. «My mother's name——» she added. «For God's sake, man, don't mention your mother's name!» he shrieked, trembling like an aspen and flushing to the roots of his hair, and it was ten minutes at

el estudio de un académico; otra iba a asistir a una reunión de hombres de negocios; mientras que todas debían leer libros, mirar cuadros, ir a conciertos, mantener los ojos abiertos en las calles y hacer preguntas perpetuamente. Éramos muy jóvenes. Pueden juzgar nuestra sencillez cuando les digo que antes de separarnos esa noche acordamos que los objetivos de la vida eran producir buenas personas y buenos libros. Nuestras preguntas debían dirigirse a averiguar hasta qué punto estos objetos eran alcanzados por los hombres. Juramos solemnemente que no tendríamos un solo hijo hasta que estuviéramos satisfechas.

Partimos entonces, algunas al Museo Británico; otras a la Marina Real; algunas a Oxford; otras a Cambridge; visitamos la Real Academia y el Tate; escuchamos música moderna en salas de concierto, fuimos al Palacio de Justicia y vimos nuevas obras de teatro. Ninguna de nosotras salía a cenar sin hacer ciertas preguntas a su pareja y anotar cuidadosamente sus respuestas. A intervalos nos reuníamos y comparábamos nuestras observaciones. Oh, ¡esas eran reuniones alegres! Nunca me he reído tanto como cuando Rose leyó sus notas sobre el «Honor» y describió cómo se había disfrazado de príncipe etíope y había subido a bordo de uno de los barcos de Su Majestad. Al descubrir el engaño, el capitán la visitó (ahora estaba disfrazada de caballero) y exigió que el honor fuera satisfecho. «¿Pero cómo?», preguntó ella. «¿Cómo?», bramó él. «¡Con el bastón, por supuesto!». Viendo que él estaba fuera de sí y creyendo que su último momento había llegado, ella se inclinó y recibió, para su sorpresa, seis ligeros golpes en el trasero. «¡El honor de la Armada Británica ha sido vengado!», gritó, y, levantándose, le vio con el sudor cayendo por su cara extendiendo una temblorosa mano derecha. «¡Espere!», exclamó ella, adoptando una actitud e imitando la ferocidad de su propia expresión, «¡mi honor aún tiene que ser satisfecho!». «¡Ahora sí habla como un caballero!», devolvió él, y se sumió en profundas reflexiones. «Si seis golpes vengaron el honor de la Armada del Rey», reflexionó él, «¿cuántos vengarán el honor de un caballero?». Él dijo que prefería presentar el caso ante sus hermanos oficiales. Ella respondió con altanería que no podía esperar. Él alabó su sensibilidad. «A ver», gritó de repente él, «¿tenía su padre un carruaje?». «No», dijo ella. «¡O un caballo de montar!». «Teníamos un burro», pensó ella, «que tiraba de la segadora». Al oír esto, su rostro se iluminó. «El apellido de mi madre...», añadió ella. «¡Por el amor de Dios, hombre, no mencione el apellido de su madre!», gritó él, temblando como un álamo y sonrojándose hasta la raíz del cabello, y pasaron al menos diez minutos antes de que ella pudiera indu-

least before she could induce him to proceed. At length he decreed that if she gave him four strokes and a half in the small of the back at a spot indicated by himself (the half conceded, he said, in recognition of the fact that her great grandmother's uncle was killed at Trafalgar) it was his opinion that her honour would be as good as new. This was done; they retired to a restaurant; drank two bottles of wine for which he insisted upon paying; and parted with protestations of eternal friendship.

Then we had Fanny's account of her visit to the Law Courts. At her first visit she had come to the conclusion that the Judges were either made of wood or were impersonated by large animals resembling man who had been trained to move with extreme dignity, mumble and nod their heads. To test her theory she had liberated a handkerchief of bluebottles at the critical moment of a trial, but was unable to judge whether the creatures gave signs of humanity for the buzzing of the flies induced so sound a sleep that she only woke in time to see the prisoners led into the cells below. But from the evidence she brought we voted that it is unfair to suppose that the Judges are men.

Helen went to the Royal Academy, but when asked to deliver her report upon the pictures she began to recite from a pale blue volume, «O! for the touch of a vanished hand and the sound of a voice that is still. Home is the hunter, home from the hill. He gave his bridle reins a shake. Love is sweet, love is brief. Spring, the fair spring, is the year's pleasant King. O! to be in England now that April's there. Men must work and women must weep. The path of duty is the way to glory—» We could listen to no more of this gibberish.

«We want no more poetry!» we cried.

«Daughters of England!» she began, but here we pulled her down, a vase of water getting spilt over her in the scuffle.

«Thank God!» she exclaimed, shaking herself like a dog. «Now I'll roll on the carpet and see if I can't brush off what remains of the Union Jack. Then perhaps—» here she rolled energetically. Getting up she began to explain to us what modern pictures are like when Castalia stopped her.

cirlo a continuar. Al final él decretó que si ella le daba cuatro golpes y medio en la parte baja de la espalda en un lugar indicado por él mismo (el medio golpe concedido, dijo él, en reconocimiento al hecho de que el tío de su bisabuela murió en Trafalgar) era su opinión que el honor de ella quedaría como nuevo. Así lo hicieron; se retiraron a un restaurante; bebieron dos botellas de vino que él insistió en pagar; y se separaron con promesas de amistad eterna.

Luego tuvimos el relato de Fanny sobre su visita al Palacio de Justicia. En su primera visita había llegado a la conclusión de que los jueces eran de madera o estaban personificados por grandes animales con apariencia de hombre que habían sido entrenados para moverse con extrema dignidad, murmurar y asentir con la cabeza. Para probar su teoría había liberado un pañuelo de moscas azules en el momento crítico de un juicio, pero no pudo juzgar si las criaturas daban señales de humanidad, pues el zumbido de las moscas indujo un sueño tan profundo que sólo se despertó a tiempo para ver cómo los prisioneros eran conducidos a las celdas de abajo. Pero por las pruebas que aportó votamos que es injusto suponer que los jueces son hombres.

Helen fue a la Real Academia, pero cuando se le pidió que presentara su informe sobre los cuadros, comenzó a recitar de un volumen azul pálido, «¡Oh! por el toque de una mano desaparecida y el sonido de una voz que está quieta. En casa está el cazador, en casa desde la colina. Sacudió las riendas de su brida. El amor es dulce, el amor es breve. La primavera, la hermosa primavera, es la reina agradable del año. ¡Oh! estar en Inglaterra ahora que abril ha llegado. Los hombres deben trabajar y las mujeres deben llorar. El camino del deber es el camino de la gloria…». No pudimos escuchar más de este galimatías.

«¡No queremos más poesía!», gritamos.

«¡Hijas de Inglaterra!», comenzó ella, pero aquí la derribamos; derramándose un jarrón de agua sobre ella en la refriega.

«¡Gracias a Dios!», exclamó, sacudiéndose como un perro. «Ahora me revolcaré en la alfombra y veré si puedo quitar lo que queda de la Union Jack. Entonces, tal vez…», se revolcó enérgicamente. Se levantó y comenzó a explicarnos cómo son los cuadros modernos cuando Castalia la detuvo.

«What is the average size of a picture?» she asked. «Perhaps two feet by two and a half,» she said. Castalia made notes while Helen spoke, and when she had done, and we were trying not to meet each other's eyes, rose and said, «At your wish I spent last week at Oxbridge, disguised as a charwoman. I thus had access to the rooms of several Professors and will now attempt to give you some idea—only,» she broke off, «I can't think how to do it. It's all so queer. These Professors,» she went on, «live in large houses built round grass plots each in a kind of cell by himself. Yet they have every convenience and comfort. You have only to press a button or light a little lamp. Their papers are beautifully filed. Books abound. There are no children or animals, save half a dozen stray cats and one aged bullfinch—a cock. I remember,» she broke off, «an Aunt of mine who lived at Dulwich and kept cactuses. You reached the conservatory through the double drawing-room, and there, on the hot pipes, were dozens of them, ugly, squat, bristly little plants each in a separate pot. Once in a hundred years the Aloe flowered, so my Aunt said. But she died before that happened—» We told her to keep to the point. «Well,» she resumed, «when Professor Hobkin was out, I examined his life work, an edition of Sappho. It's a queer looking book, six or seven inches thick, not all by Sappho. Oh, no. Most of it is a defence of Sappho's chastity, which some German had denied, and I can assure you the passion with which these two gentlemen argued, the learning they displayed, the prodigious ingenuity with which they disputed the use of some implement which looked to me for all the world like a hairpin astounded me; especially when the door opened and Professor Hobkin himself appeared. A very nice, mild, old gentleman, but what could *he* know about chastity?» We misunderstood her.

«No, no,» she protested, «he's the soul of honour I'm sure—not that he resembles Rose's sea captain in the least. I was thinking rather of my Aunt's cactuses. What could *they* know about chastity?»

Again we told her not to wander from the point,—did the Oxbridge professors help to produce good people and good books?—the objects of life.

«There!» she exclaimed. «It never struck me to ask. It never occur-

«¿Cuál es el tamaño medio de un cuadro?», preguntó. «Tal vez dos pies por dos y medio», dijo. Castalia tomaba notas mientras Helen hablaba, y cuando terminó, y tratábamos de no mirarnos a los ojos, se levantó y dijo, «por deseo suyo, pasé la semana pasada en Oxbridge, disfrazada de mujer de la limpieza. Así tuve acceso a las habitaciones de varios profesores y ahora intentaré darles alguna idea... sólo que», se interrumpió, «no se me ocurre cómo hacerlo. Es todo tan extraño. Estos profesores», continuó, «viven en grandes casas construidas en torno a parcelas de césped, cada uno en una especie de celda para sí mismo. Sin embargo, tienen todas las comodidades y el confort. Sólo hay que pulsar un botón o encender una pequeña lámpara. Sus papeles están bellamente archivados. Los libros abundan. No hay niños ni animales, salvo media docena de gatos callejeros y un viejo camachuelo... un gallo. Recuerdo», se interrumpió, «a una tía mía que vivía en Dulwich y tenía cactus. Se llegaba al invernadero a través del salón doble, y allí, sobre las tuberías calientes, había docenas de ellos, pequeñas plantas feas, rechonchas y erizadas, cada una en una maceta. Una vez cada cien años el áloe florecía, según decía mi tía. Pero ella murió antes de que eso ocurriera...». Le dijimos que fuera al grano. «Bueno», continuó, «cuando el profesor Hobkin estaba fuera, examiné la obra de su vida, una edición de Safo. Es un libro de aspecto extraño, de seis o siete pulgadas de grosor, no todo de Safo. Oh, no. La mayor parte es una defensa de la castidad de Safo, que algún alemán había negado, y puedo asegurarles que la pasión con la que estos dos caballeros discutían, la erudición de la que hacían gala, el prodigioso ingenio con el que se disputaban el uso de algún utensilio que a mí me parecía sin duda una horquilla, me asombró; sobre todo cuando se abrió la puerta y apareció el propio profesor Hobkin. Un viejo caballero muy agradable y apacible, pero ¿qué podía saber *él* de castidad?». No la comprendimos.

«No, no», protestó ella, «él es el alma del honor, estoy segura; no es que se parezca en lo más mínimo al capitán marino de Rose. Estaba pensando más bien en los cactus de mi tía. ¿Qué podrían *ellos* saber de la castidad?».

Una vez más le dijimos que no se desviara del punto... ¿los profesores de Oxbridge contribuyen a producir buenas personas y buenos libros?... los objetos de la vida.

«¡Ahí!», exclamó. «Nunca se me ocurrió preguntar. Nunca se me ocu-

red to me that they could possibly produce anything.»

«I believe,» said Sue, «that you made some mistake. Probably Professor Hobkin was a gynæcologist. A scholar is a very different sort of man. A scholar is overflowing with humour and invention—perhaps addicted to wine, but what of that?—a delightful companion, generous, subtle, imaginative—as stands to reason. For he spends his life in company with the finest human beings that have ever existed.»

«Hum,» said Castalia. «Perhaps I'd better go back and try again.»

Some three months later it happened that I was sitting alone when Castalia entered. I don't know what it was in the look of her that so moved me; but I could not restrain myself, and, dashing across the room, I clasped her in my arms. Not only was she very beautiful; she seemed also in the highest spirits. «How happy you look!» I exclaimed, as she sat down.

«I've been at Oxbridge,» she said.

«Asking questions?»

«Answering them,» she replied.

«You have not broken our vow?» I said anxiously, noticing something about her figure.

«Oh, the vow,» she said casually. «I'm going to have a baby, if that's what you mean. You can't imagine,» she burst out, «how exciting, how beautiful, how satisfying—»

«What is?» I asked.

«To—to—answer questions,» she replied in some confusion. Whereupon she told me the whole of her story. But in the middle of an account which interested and excited me more than anything I had ever heard, she gave the strangest cry, half whoop, half holloa—

«Chastity! Chastity! Where's my chastity!» she cried. «Help Ho! The

rrió que pudieran producir algo».

«Creo», dijo Sue, «que has cometido un error. Probablemente el profesor Hobkin era ginecólogo. Un académico es un tipo de hombre muy diferente. Un académico rebosa de humor e inventiva —quizás sea adicto al vino, pero qué más da—, es un compañero encantador, generoso, sutil, imaginativo, como es lógico. Porque pasa su vida en compañía de los mejores seres humanos que han existido».

«Hum», dijo Castalia. «Tal vez sea mejor que vuelva y lo intente de nuevo».

Unos tres meses más tarde, me encontraba sentada sola cuando entró Castalia. No sé qué había en su mirada que me conmovió tanto, pero no pude contenerme y, corriendo por la habitación, la estreché entre mis brazos. No sólo era muy hermosa, sino que parecía estar de lo más animada. «¡Qué feliz pareces!», exclamé, mientras ella se sentaba.

«He estado en Oxbridge», dijo.

«¿Haciendo preguntas?».

«Respondiendo a ellas», replicó ella.

«¿No has roto nuestro voto?», dije con ansiedad, notando algo en su figura.

«Oh, el voto», dijo ella casualmente. «Voy a tener un bebé, si eso es lo que quieres decir. No te puedes imaginar», estalló, «lo emocionante, lo hermoso, lo satisfactorio...».

«¿Qué es?», pregunté.

«...responder a las preguntas», contestó ella con cierta confusión. A continuación, me contó toda su historia. Pero en medio de un relato que me interesó y emocionó más que nada de lo que había oído nunca, dio un grito extrañísimo, mitad grito, mitad lamento...

«¡Castidad! ¡Castidad! ¿Dónde está mi castidad?», gritó ella. «¡Ayuda!

scent bottle!»

There was nothing in the room but a cruet containing mustard, which I was about to administer when she recovered her composure.

«You should have thought of that three months ago,» I said severely.

«True,» she replied. «There's not much good in thinking of it now. It was unfortunate, by the way, that my mother had me called Castalia.»

«Oh, Castalia, your mother—» I was beginning when she reached for the mustard pot.

«No, no, no,» she said, shaking her head. «If you'd been a chaste woman yourself you would have screamed at the sight of me—instead of which you rushed across the room and took me in your arms. No, Cassandra. We are neither of us chaste.» So we went on talking.

Meanwhile the room was filling up, for it was the day appointed to discuss the results of our observations. Everyone, I thought, felt as I did about Castalia. They kissed her and said how glad they were to see her again. At length, when we were all assembled, Jane rose and said that it was time to begin. She began by saying that we had now asked questions for over five years, and that though the results were bound to be inconclusive—here Castalia nudged me and whispered that she was not so sure about that. Then she got up, and, interrupting Jane in the middle of a sentence, said:

«Before you say any more, I want to know—am I to stay in the room? Because,» she added, «I have to confess that I am an impure woman.»

Everyone looked at her in astonishment.

«You are going to have a baby?» asked Jane.

She nodded her head.

It was extraordinary to see the different expressions on their faces. A sort of hum went through the room, in which I could catch the

¡El frasco de perfume!».

En la habitación no había nada más que una vinagrera con mostaza, que yo estaba a punto de administrar cuando ella recuperó la compostura.

«Deberías haber pensado en eso hace tres meses», dije con severidad.

«Es cierto», respondió ella. «No sirve de mucho pensarlo ahora. Por cierto, fue una desgracia que mi madre me hiciera llamar Castalia».

«Oh, Castalia, tu madre...», empezaba yo a decir cuando ella cogió el bote de mostaza.

«No, no, no», dijo ella, sacudiendo la cabeza. «Si hubieras sido una mujer casta, habrías gritado al verme; en lugar de eso, te apresuraste a cruzar la habitación y me tomaste en tus brazos. No, Cassandra. Ninguna de las dos somos castas». Así que seguimos hablando.

Mientras tanto, la sala se iba llenando, pues era el día señalado para discutir los resultados de nuestras observaciones. Todo el mundo, pensé, sentía lo mismo que yo por Castalia. Todas la besaban y decían lo contentas que estaban de volver a verla. Al final, cuando todas estábamos reunidas, Jane se levantó y dijo que era hora de empezar. Comenzó diciendo que llevábamos más de cinco años haciendo preguntas y que, aunque los resultados no fueran concluyentes... Castalia me dio un codazo y me susurró que no estaba tan segura de ello. Luego se levantó, e interrumpiendo a Jane en medio de una frase, dijo:

«Antes de que digas algo más, quiero saber... ¿debo quedarme en la sala? Porque», añadió, «tengo que confesar que soy una mujer impura».

Todos la miraron con asombro.

«¿Vas a tener un bebé?», preguntó Jane.

Ella asintió con la cabeza.

Era extraordinario ver las diferentes expresiones en sus rostros. Una especie de murmullo recorrió la sala, en el que pude captar las palabras

words «impure,» «baby,» «Castalia,» and so on. Jane, who was herself considerably moved, put it to us:

«Shall she go? Is she impure?»

Such a roar filled the room as might have been heard in the street outside.

«No! No! No! Let her stay! Impure? Fiddlesticks!» Yet I fancied that some of the youngest, girls of nineteen or twenty, held back as if overcome with shyness. Then we all came about her and began asking questions, and at last I saw one of the youngest, who had kept in the background, approach shyly and say to her:

«What is chastity then? I mean is it good, or is it bad, or is it nothing at all?» She replied so low that I could not catch what she said.

«You know I was shocked,» said another, «for at least ten minutes.»

«In my opinion,» said Poll, who was growing crusty from always reading in the London Library, «chastity is nothing but ignorance—a most discreditable state of mind. We should admit only the unchaste to our society. I vote that Castalia shall be our President.»

This was violently disputed.

«It is as unfair to brand women with chastity as with unchastity,» said Poll. «Some of us haven't the opportunity either. Moreover, I don't believe Cassy herself maintains that she acted as she did from a pure love of knowledge.»

«He is only twenty-one and divinely beautiful,» said Cassy, with a ravishing gesture.

«I move,» said Helen, «that no one be allowed to talk of chastity or unchastity save those who are in love.»

«impura», «bebé», «Castalia», etc. Jane, que estaba considerablemente conmovida, lo puso así:

«¿Debe irse? ¿Es ella impura?».

Un estruendo tan grande llenó la sala que podría haberse escuchado desde la calle.

«¡No! ¡No! ¡No! ¡Dejen que se quede! ¿Impura? Tonterías». Sin embargo, me pareció que algunas de las más jóvenes, chicas de diecinueve o veinte años, se contenían como si les invadiera la timidez. Entonces todas nos acercamos a ella y empezamos a hacer preguntas, y por fin vi a una de las más jóvenes, que se había mantenido en un segundo plano, acercarse tímidamente y decirle:

«¿Qué es entonces la castidad? Quiero es buena, es mala o no es nada». Ella respondió tan bajo que no pude captar lo que dijo.

«Sepan que me quedé en shock», dijo otra, «durante al menos diez minutos».

«En mi opinión», dijo Poll, que se estaba volviendo cascarrabias de tanto leer en la Biblioteca de Londres, «la castidad no es más que ignorancia, un estado mental de lo más desacreditado. Sólo deberíamos admitir en nuestra sociedad a las que no son castas. Voto por que Castalia sea nuestra Presidenta».

Esto fue violentamente discutido.

«Es tan injusto marcar a las mujeres por la castidad como por la falta de castidad», dijo Poll. «Algunas tampoco tenemos la oportunidad. Además, no creo que la propia Cassy sostenga que actuó como lo hizo por puro amor al conocimiento».

«Él sólo tiene veintiún años y es divinamente hermoso», dijo Cassy, con un gesto encantador.

«Propongo», dijo Helen, «que no se permita a nadie hablar de castidad o falta de castidad, salvo a los enamorados».

«Oh, bother,» said Judith, who had been enquiring into scientific matters, «I'm not in love and I'm longing to explain my measures for dispensing with prostitutes and fertilizing virgins by Act of Parliament.»

She went on to tell us of an invention of hers to be erected at Tube stations and other public resorts, which, upon payment of a small fee, would safeguard the nation's health, accommodate its sons, and relieve its daughters. Then she had contrived a method of preserving in sealed tubes the germs of future Lord Chancellors «or poets or painters or musicians,» she went on, «supposing, that is to say, that these breeds are not extinct, and that women still wish to bear children——»

«Of course we wish to bear children!» cried Castalia, impatiently. Jane rapped the table.

«That is the very point we are met to consider,» she said. «For five years we have been trying to find out whether we are justified in continuing the human race. Castalia has anticipated our decision. But it remains for the rest of us to make up our minds.»

Here one after another of our messengers rose and delivered their reports. The marvels of civilisation far exceeded our expectations, and, as we learnt for the first time how man flies in the air, talks across space, penetrates to the heart of an atom, and embraces the universe in his speculations, a murmur of admiration burst from our lips.

«We are proud,» we cried, «that our mothers sacrificed their youth in such a cause as this!» Castalia, who had been listening intently, looked prouder than all the rest. Then Jane reminded us that we had still much to learn, and Castalia begged us to make haste. On we went through a vast tangle of statistics. We learnt that England has a population of so many millions, and that such and such a proportion of them is constantly hungry and in prison; that the average size of a working man's family is such, and that so great a percentage of women die from maladies incident to childbirth. Reports were read of visits to factories, shops, slums, and dockyards. Descriptions were given of the Stock Exchange, of a gigantic house of business in the

«Oh, vaya», dijo Judith, que había estado indagando en asuntos científicos, «no estoy enamorada y estoy deseando explicar mis medidas para prescindir de las prostitutas y fecundar a las vírgenes mediante una ley del Parlamento».

Continuó hablándonos de un invento suyo que se instalaría en las estaciones subterráneas y en otros lugares públicos y que, mediante el pago de un pequeño monto, salvaguardaría la salud de la nación, acomodaría a sus hijos y aliviaría a sus hijas. Luego había ideado un método para conservar en tubos sellados los gérmenes de futuros Lords Cancilleres «o poetas o pintores o músicos», prosiguió, «suponiendo, es decir, que estas razas no se hayan extinguido, y que las mujeres aún deseen tener hijos...».

«¡Claro que queremos tener hijos!», gritó Castalia, impaciente. Jane golpeó la mesa.

«Ese es precisamente el punto sobre el que nos reunimos para considerar», dijo. «Llevamos cinco años intentando averiguar si está justificada la continuidad de la raza humana. Castalia se ha adelantado a nuestra decisión. Pero al resto nos queda decidirnos».

Aquí, una tras otra de nuestras mensajeras se levantaron y entregaron sus informes. Las maravillas de la civilización superaban con creces nuestras expectativas y, al enterarnos por primera vez de cómo el hombre vuela en el aire, habla a través del espacio, penetra hasta el corazón de un átomo y abarca el universo en sus especulaciones, un murmullo de admiración brotó de nuestros labios.

«¡Estamos orgullosas», gritamos, «de que nuestras madres hayan sacrificado su juventud por una causa como ésta!». Castalia, que había estado escuchando atentamente, parecía más orgullosa que todas las demás. Entonces Jane nos recordó que aún teníamos mucho que aprender, y Castalia nos rogó que nos diéramos prisa. Continuamos con una gran maraña de estadísticas. Nos enteramos de que Inglaterra tiene una población de tantos millones de habitantes, y que tal y tal proporción de ellos pasa hambre constantemente y está en la cárcel; que el tamaño medio de la familia de un trabajador es tal, y que un porcentaje tan grande de mujeres muere de enfermedades relacionadas con el parto. Se leyeron informes de visitas a fábricas, tiendas, tugurios y astilleros.

VIRGINIA WOOLF

City, and of a Government Office. The British Colonies were now discussed, and some account was given of our rule in India, Africa and Ireland. I was sitting by Castalia and I noticed her uneasiness.

«We shall never come to any conclusion at all at this rate,» she said. «As it appears that civilisation is so much more complex than we had any notion, would it not be better to confine ourselves to our original enquiry? We agreed that it was the object of life to produce good people and good books. All this time we have been talking of aeroplanes, factories, and money. Let us talk about men themselves and their arts, for that is the heart of the matter.»

So the diners out stepped forward with long slips of paper containing answers to their questions. These had been framed after much consideration. A good man, we had agreed, must at any rate be honest, passionate, and unworldly. But whether or not a particular man possessed those qualities could only be discovered by asking questions, often beginning at a remote distance from the centre. Is Kensington a nice place to live in? Where is your son being educated—and your daughter? Now please tell me, what do you pay for your cigars? By the way, is Sir Joseph a baronet or only a knight? Often it seemed that we learnt more from trivial questions of this kind than from more direct ones. «I accepted my peerage,» said Lord Bunkum, «because my wife wished it.» I forget how many titles were accepted for the same reason. «Working fifteen hours out of the twenty-four, as I do——» ten thousand professional men began.

«No, no, of course you can neither read nor write. But why do you work so hard?» «My dear lady, with a growing family——» «But *why* does your family grow?» Their wives wished that too, or perhaps it was the British Empire. But more significant than the answers were the refusals to answer. Very few would reply at all to questions about morality and religion, and such answers as were given were not serious. Questions as to the value of money and power were almost invariably brushed aside, or pressed at extreme risk to the asker. «I'm sure,» said Jill, «that if Sir Harley Tightboots hadn't been carving the mutton when I asked him about the capitalist system he would have cut my throat. The only reason why we escaped with our lives over

Se describió la Bolsa de Valores, una gigantesca casa de negocios en la ciudad y una oficina gubernamental. Se habló ahora de las colonias británicas y se dio cuenta de nuestro gobierno en la India, África e Irlanda. Yo estaba sentado junto a Castalia y noté su inquietud.

«A este ritmo, nunca llegaremos a ninguna conclusión», dijo. «Como parece que la civilización es mucho más compleja de lo que habíamos pensado, ¿no sería mejor limitarnos a nuestra investigación original? Estábamos de acuerdo en que el objetivo de la vida era producir buenas personas y buenos libros. Todo este tiempo hemos estado hablando de aviones, fábricas y dinero. Hablemos de los hombres mismos y de sus artes, pues ese es el meollo de la cuestión».

Así que las comensales se adelantaron con largas tiras de papel que contenían las respuestas a sus preguntas. Éstas habían sido elaboradas tras una larga reflexión. Un buen hombre, habíamos acordado, debe ser en todo caso honesto, apasionado y no debe ser mundano. Pero si un hombre en particular poseía o no esas cualidades sólo podía descubrirse haciendo preguntas, a menudo comenzando a una distancia remota del centro. ¿Es Kensington un lugar agradable para vivir? ¿Dónde se educa su hijo... y su hija? Ahora, por favor, dígame, ¿cuánto paga por sus cigarros? Por cierto, ¿es Sir Joseph un baronet o sólo un caballero? A menudo parecía que aprendíamos más con preguntas triviales de este tipo que con otras más directas. «Acepté mi título de nobleza», dijo Lord Bunkum, «porque mi esposa lo deseaba». No sé cuántos títulos fueron aceptados por la misma razón. «Trabajando quince horas de las veinticuatro, como yo lo hago...», empezaron diciendo diez mil hombres profesionales.

«No, no, claro que no puede ni leer ni escribir. Pero, ¿por qué trabaja tanto?». «Mi querida señora, con una familia que crece...». «¿Pero *por qué* crece su familia?». Sus esposas también lo deseaban, o quizás era el Imperio Británico. Pero más significativo que las respuestas eran las negativas a contestar. Muy pocos respondían a las preguntas sobre moral y religión, y las respuestas que daban a esas preguntas no eran serias. Las preguntas sobre el valor del dinero y el poder eran casi invariablemente desechadas, o presionadas con extremo riesgo para quien las hacía. «Estoy segura», dijo Jill, «de que si Sir Harley Tightboots no hubiera estado trinchando el cordero cuando le pregunté sobre el sistema capitalista, me habría cortado el cuello. La única razón por la que

and over again is that men are at once so hungry and so chivalrous. They despise us too much to mind what we say.»

«Of course they despise us,» said Eleanor. «At the same time how do you account for this—I made enquiries among the artists. Now, no woman has ever been an artist, has she, Poll?»

«Jane-Austen-Charlotte-Brontë-George-Eliot,» cried Poll, like a man crying muffins in a back street.

«Damn the woman!» someone exclaimed. «What a bore she is!»

«Since Sappho there has been no female of first rate——» Eleanor began, quoting from a weekly newspaper.

«It's now well known that Sappho was the somewhat lewd invention of Professor Hobkin,» Ruth interrupted.

«Anyhow, there is no reason to suppose that any woman ever has been able to write or ever will be able to write,» Eleanor continued. «And yet, whenever I go among authors they never cease to talk to me about their books. Masterly! I say, or Shakespeare himself! (for one must say something) and I assure you, they believe me.»

«That proves nothing,» said Jane. «They all do it. Only,» she sighed, «it doesn't seem to help *us* much. Perhaps we had better examine modern literature next. Liz, it's your turn.»

Elizabeth rose and said that in order to prosecute her enquiry she had dressed as a man and been taken for a reviewer.

«I have read new books pretty steadily for the past five years,» said she. «Mr. Wells is the most popular living writer; then comes Mr. Arnold Bennett; then Mr. Compton Mackenzie; Mr. McKenna and Mr. Walpole may be bracketed together.» She sat down.

«But you've told us nothing!» we expostulated. «Or do you mean that these gentlemen have greatly surpassed Jane-Elliot and that En-

escapamos con vida una y otra vez es que los hombres son a la vez tan hambrientos y tan caballerosos. Nos desprecian demasiado como para que les importe lo que digamos».

«Por supuesto que nos desprecian», dijo Eleanor. «Al mismo tiempo, ¿cómo se explica esto? Hice averiguaciones entre los artistas. Ahora bien, ninguna mujer ha sido nunca artista, ¿verdad, Poll?».

«Jane-Austen-Charlotte-Brontë-George-Eliot», gritó Poll, como un hombre que anuncia panecillos en una callejuela.

«¡Maldita sea esa mujer!», exclamó alguien. «¡Qué aburrida es!».

«Desde Safo no ha habido ninguna mujer de primera categoría...», comenzó Eleanor, citando un semanario.

«Ahora se sabe que Safo fue una invención un tanto lasciva del profesor Hobkin», interrumpió Ruth.

«De todos modos, no hay razón para suponer que ninguna mujer haya podido escribir o pueda hacerlo nunca», continuó Eleanor. «Y sin embargo, siempre que voy entre autores no dejan de hablarme de sus libros. ¡Magistral! digo yo, ¡o el propio Shakespeare! (pues algo hay que decir) y les aseguro que me creen».

«Eso no prueba nada», dijo Jane. «Todos lo hacen. Sólo que», suspiró, «no parece ayudarnos mucho a *nosotras*. Tal vez sea mejor que examinemos la literatura moderna a continuación. Liz, es tu turno».

Elizabeth se levantó y dijo que, para proseguir su investigación, se había vestido de hombre y se había echo pasar por un revisor.

«He leído libros nuevos con bastante constancia durante los últimos cinco años», dijo ella. «El señor Wells es el escritor vivo más popular; luego viene el señor Arnold Bennett; después el señor Compton Mackenzie; el señor McKenna y el señor Walpole pueden estar al mismo nivel». Se sentó.

«¡Pero si no nos has dicho nada!», expusimos. «¿O quieres decir que estos caballeros han superado con creces a Jane-Elliot y que la ficción

glish fiction is——where's that review of yours? Oh, yes, 'safe in their hands.'»

«Safe, quite safe,» she said, shifting uneasily from foot to foot. «And I'm sure that they give away even more than they receive.»

We were all sure of that. «But,» we pressed her, «do they write good books?»

«Good books?» she said, looking at the ceiling. «You must remember,» she began, speaking with extreme rapidity, «that fiction is the mirror of life. And you can't deny that education is of the highest importance, and that it would be extremely annoying, if you found yourself alone at Brighton late at night, not to know which was the best boarding house to stay at, and suppose it was a dripping Sunday evening—wouldn't it be nice to go to the Movies?»

«But what has that got to do with it?» we asked.

«Nothing—nothing—nothing whatever,» she replied.

«Well, tell us the truth,» we bade her.

«The truth? But isn't it wonderful,» she broke off—«Mr. Chitter has written a weekly article for the past thirty years upon love or hot buttered toast and has sent all his sons to Eton——»

«The truth!» we demanded.

«Oh, the truth,» she stammered, «the truth has nothing to do with literature,» and sitting down she refused to say another word.

It all seemed to us very inconclusive.

«Ladies, we must try to sum up the results,» Jane was beginning, when a hum, which had been heard for some time through the open window, drowned her voice.

«War! War! War! Declaration of War!» men were shouting in the

inglesa está... dónde está esa reseña tuya? Oh, sí, "segura en sus manos"».

«Segura, bastante segura», dijo ella, moviéndose con inquietud de un pie a otro. «Y estoy segura de que dan incluso más de lo que reciben».

Todas estábamos seguras de ello. «Pero», la presionamos, «¿escriben buenos libros?».

«¿Buenos libros?», dijo ella, mirando al techo. «Deben recordar», comenzó, hablando con extrema rapidez, «que la ficción es el espejo de la vida. Y no pueden negar que la educación es de la más alta importancia, y que sería extremadamente molesto, si se encontraran solas en Brighton a altas horas de la noche, no saber cuál es la mejor pensión en la que alojarse, y supongan que es un domingo por la noche y que llueve... ¿no sería agradable ir al cine?».

«¿Pero qué tiene eso que ver?», preguntamos.

«Nada... nada... nada», respondió.

«Bueno, dinos la verdad», le pedimos.

«¿La verdad? Pero, ¿no es maravilloso?», interrumpió ella, «el señor Chitter ha escrito un artículo semanal durante los últimos treinta años sobre el amor o las tostadas calientes con mantequilla y ha enviado a todos sus hijos a Eton...».

«¡La verdad!», exigimos.

«Oh, la verdad», balbuceó, «la verdad no tiene nada que ver con la literatura», y sentándose se negó a decir otra palabra.

Todo nos pareció muy poco concluyente.

«Señoras, debemos intentar resumir los resultados», comenzaba a decir Jane, cuando un zumbido, que se oía desde hacía tiempo a través de la ventana abierta, ahogó su voz.

«¡Guerra! ¡Guerra! ¡Guerra! ¡Declaración de guerra!», gritaban los

street below.

We looked at each other in horror.

«What war?» we cried. «What war?» We remembered, too late, that we had never thought of sending anyone to the House of Commons. We had forgotten all about it. We turned to Poll, who had reached the history shelves in the London Library, and asked her to enlighten us.

«Why,» we cried, «do men go to war?»

«Sometimes for one reason, sometimes for another,» she replied calmly. «In 1760, for example——» The shouts outside drowned her words. «Again in 1797—in 1804—It was the Austrians in 1866—1870 was the Franco-Prussian—In 1900 on the other hand——»

«But it's now 1914!» we cut her short.

«Ah, I don't know what they're going to war for now,» she admitted.

**

The war was over and peace was in process of being signed, when I once more found myself with Castalia in the room where our meetings used to be held. We began idly turning over the pages of our old minute books. «Queer,» I mused, «to see what we were thinking five years ago.» «We are agreed,» Castalia quoted, reading over my shoulder, «that it is the object of life to produce good people and good books.» We made no comment upon *that*. «A good man is at any rate honest, passionate and unworldly.» «What a woman's language!» I observed. «Oh, dear,» cried Castalia, pushing the book away from her, «what fools we were! It was all Poll's father's fault,» she went on. «I believe he did it on purpose—that ridiculous will, I mean, forcing Poll to read all the books in the London Library. If we hadn't learnt to read,» she said bitterly, «we might still have been bearing children in ignorance and that I believe was the happiest life after all. I know what you're going to say about war,» she checked me, «and the horror of bearing children to see them killed, but our mothers did it, and their mothers, and their mothers before them. And *they* didn't com-

hombres en la calle de abajo.

Nos miramos con horror.

«¿Qué guerra?», gritamos. «¿Qué guerra?». Recordamos, demasiado tarde, que nunca habíamos pensado en enviar a nadie a la Cámara de los Comunes. Lo habíamos olvidado por completo. Nos dirigimos a Poll, que había llegado a los estantes de historia de la Biblioteca de Londres, y le pedimos que nos iluminara.

«¿Por qué», gritamos, «los hombres van a la guerra?».

«A veces por una razón, a veces por otra», respondió con calma. «En 1760, por ejemplo...». Los gritos de fuera ahogaron sus palabras. «De nuevo en 1797... en 1804... fueron los austriacos en 1866... 1870 fue la franco-prusiana... en 1900 por otro lado...».

«¡Pero si estamos en 1914!», la interrumpimos.

«Ah, no sé por qué van a la guerra ahora», admitió ella.

***

La guerra había terminado y la paz estaba en proceso de ser firmada cuando me encontré una vez más con Castalia en la sala donde solían celebrarse nuestras reuniones. Comenzamos a pasar ociosamente las páginas de nuestros viejos libros de actas. «Qué raro», pensé, «ver lo que pensábamos hace cinco años». «Estamos de acuerdo», citó Castalia, leyendo por encima de mi hombro, «en que el objetivo de la vida es producir buenas personas y buenos libros». No hicimos ningún comentario en cuanto a *eso*. «Un buen hombre es, en todo caso, honesto, apasionado y no es mundano». «¡Qué lenguaje de mujer!», observé. «Oh, querida», gritó Castalia, apartando el libro de ella, «¡qué tontas fuimos! Todo fue culpa del padre de Poll», continuó. «Creo que lo hizo a propósito; me refiero a ese ridículo testamento que obligaba a Poll a leer todos los libros de la Biblioteca de Londres. Si no hubiéramos aprendido a leer», dijo con amargura, «podríamos haber seguido teniendo hijos en la ignorancia y creo que esa era la vida más feliz después de todo. Ya sé lo que vas a decir sobre la guerra», verificó, «y el horror de tener hijos para verlos muertos, pero nuestras madres lo hicieron, y sus madres, y sus madres

plain. They couldn't read. I've done my best,» she sighed, «to prevent my little girl from learning to read, but what's the use? I caught Ann only yesterday with a newspaper in her hand and she was beginning to ask me if it was 'true.' Next she'll ask me whether Mr. Lloyd George is a good man, then whether Mr. Arnold Bennett is a good novelist, and finally whether I believe in God. How can I bring my daughter up to believe in nothing?» she demanded.

«Surely you could teach her to believe that a man's intellect is, and always will be, fundamentally superior to a woman's?» I suggested. She brightened at this and began to turn over our old minutes again. «Yes,» she said, «think of their discoveries, their mathematics, their science, their philosophy, their scholarship——» and then she began to laugh, «I shall never forget old Hobkin and the hairpin,» she said, and went on reading and laughing and I thought she was quite happy, when suddenly she drew the book from her and burst out, «Oh, Cassandra, why do you torment me? Don't you know that our belief in man's intellect is the greatest fallacy of them all?» «What?» I exclaimed. «Ask any journalist, schoolmaster, politician or public house keeper in the land and they will all tell you that men are much cleverer than women.» «As if I doubted it,» she said scornfully. «How could they help it? Haven't we bred them and fed and kept them in comfort since the beginning of time so that they may be clever even if they're nothing else? It's all our doing!» she cried. «We insisted upon having intellect and now we've got it. And it's intellect,» she continued, «that's at the bottom of it. What could be more charming than a boy before he has begun to cultivate his intellect? He is beautiful to look at; he gives himself no airs; he understands the meaning of art and literature instinctively; he goes about enjoying his life and making other people enjoy theirs. Then they teach him to cultivate his intellect. He becomes a barrister, a civil servant, a general, an author, a professor. Every day he goes to an office. Every year he produces a book. He maintains a whole family by the products of his brain—poor devil! Soon he cannot come into a room without making us all feel uncomfortable; he condescends to every woman he meets, and dares not tell the truth even to his own wife; instead of rejoicing our eyes we have to shut them if we are to take him in our arms. True, they console themselves with stars of all shapes, ribbons of all shades, and incomes of all sizes—but what is to console us? That we shall be able in ten years' time to spend a week-end at Lahore? Or that the

antes que ellas. Y *ellas* no se quejaron. No sabían leer. He hecho todo lo posible», suspiró, «para evitar que mi niña aprenda a leer, pero ¿de qué sirve? Ayer mismo pillé a Ann con un periódico en la mano y empezaba a preguntarme si era "verdad". Luego me preguntará si el señor Lloyd George es un buen hombre, después si el señor Arnold Bennett es un buen novelista, y finalmente si creo en Dios. ¿Cómo puedo educar a mi hija para que no crea en nada?», preguntó ella.

«¿Seguramente podrías enseñarle a creer que el intelecto de un hombre es, y siempre será, fundamentalmente superior al de una mujer?», sugerí. Ella se animó al oír esto y empezó a repasar de nuevo nuestras viejas actas. «Sí», dijo, «piensa en sus descubrimientos, sus matemáticas, su ciencia, su filosofía, su erudición...», y entonces empezó a reírse, «nunca olvidaré al viejo Hobkin y la horquilla», dijo, y siguió leyendo y riendo y yo pensé que estaba bastante contenta, cuando de repente apartó el libro y estalló diciendo, «oh, Cassandra, ¿por qué me atormentas? ¿No sabes que nuestra creencia en el intelecto del hombre es la mayor falacia de todas?», «¿Qué?», exclamé. «Pregunta a cualquier periodista, maestro de escuela, político o encargado de un bar y todos te dirán que los hombres son mucho más inteligentes que las mujeres». «Como si lo dudara», dijo ella con desprecio. «¿Cómo podrían no serlo? ¿No los hemos criado y alimentado y mantenido en la comodidad desde el principio de los tiempos para que sean inteligentes aunque no sean nada más? Todo es obra nuestra», gritó. «Insistimos en tener intelecto y ahora lo tenemos. Y es el intelecto», continuó, «lo que está en el fondo. ¿Qué puede ser más encantador que un muchachito antes de haber empezado a cultivar su intelecto? Es hermoso de ver; no se da aires de grandeza; entiende el significado del arte y la literatura instintivamente; va disfrutando de su vida y haciendo que los demás disfruten de la suya. Luego le enseñan a cultivar su intelecto. Se convierte en abogado, en funcionario, en general, en autor, en profesor. Todos los días va a una oficina. Cada año produce un libro. Mantiene a toda una familia con los productos de su cerebro... ¡pobre diablo! Pronto no puede entrar en una habitación sin hacernos sentir incómodas; es condescendiente con todas las mujeres que conoce, y no se atreve a decir la verdad ni siquiera a su propia esposa; en lugar de alegrarnos los ojos tenemos que cerrarlos si queremos acogerlo en nuestros brazos. Es cierto que se consuelan con estrellas de todas las formas, cintas de todos los matices e ingresos de todos los tamaños; pero, ¿qué nos consuela a nosotras? ¿Que dentro de diez años podremos pasar un fin de semana en Lahore? ¿O que el

least insect in Japan has a name twice the length of its body? Oh, Cassandra, for Heaven's sake let us devise a method by which men may bear children! It is our only chance. For unless we provide them with some innocent occupation we shall get neither good people nor good books; we shall perish beneath the fruits of their unbridled activity; and not a human being will survive to know that there once was Shakespeare!»

«It is too late,» I replied. «We cannot provide even for the children that we have.»

«And then you ask me to believe in intellect,» she said.

While we spoke, men were crying hoarsely and wearily in the street, and, listening, we heard that the Treaty of Peace had just been signed. The voices died away. The rain was falling and interfered no doubt with the proper explosion of the fireworks.

«My cook will have bought the Evening News,» said Castalia, «and Ann will be spelling it out over her tea. I must go home.»

«It's no good—not a bit of good,» I said. «Once she knows how to read there's only one thing you can teach her to believe in—and that is herself.»

«Well, that would be a change,» sighed Castalia.

So we swept up the papers of our Society, and, though Ann was playing with her doll very happily, we solemnly made her a present of the lot and told her we had chosen her to be President of the Society of the future—upon which she burst into tears, poor little girl.

último insecto de Japón tiene un nombre dos veces más largo que su cuerpo? ¡Oh, Casandra, por el amor de Dios, ideemos un método para que los hombres puedan parir hijos! Es nuestra única oportunidad. Porque, a menos que les proporcionemos alguna ocupación inocente, no obtendremos ni buenas personas ni buenos libros; pereceremos bajo los frutos de su desenfrenada actividad; ¡y ni un solo ser humano sobrevivirá para saber que una vez existió Shakespeare!».

«Es demasiado tarde», respondí. «No podemos proveer ni siquiera a los hijos que tenemos».

«Y luego me pides que crea en el intelecto», dijo ella.

Mientras hablábamos, los hombres gritaban roncamente y con cansancio en la calle, y, escuchando, oímos que se acababa de firmar el Tratado de Paz. Las voces se apagaron. La lluvia caía e interfería sin duda con la adecuada explosión de los fuegos artificiales.

«Mi cocinera habrá comprado el Evening News», dijo Castalia, «y Ann lo estará deletreando mientras toma el té. Debo ir a casa».

«No sirve de nada... de nada», dije. «Una vez que sepa leer, sólo hay una cosa que se le puede enseñar a creer... y es en ella misma».

«Bueno, eso sería un cambio», suspiró Castalia.

Así que recogimos los papeles de nuestra Sociedad, y, aunque Ann estaba jugando con su muñeca muy alegremente, le regalamos solemnemente el lote y le dijimos que la habíamos elegido para ser Presidenta de la Sociedad del futuro... a lo que ella rompió a llorar, pobre niña.

MONDAY OR TUESDAY

Lazy and indifferent, shaking space easily from his wings, knowing his way, the heron passes over the church beneath the sky. White and distant, absorbed in itself, endlessly the sky covers and uncovers, moves and remains. A lake? Blot the shores of it out! A mountain? Oh, perfect—the sun gold on its slopes. Down that falls. Ferns then, or white feathers, for ever and ever——

Desiring truth, awaiting it, laboriously distilling a few words, for ever desiring—(a cry starts to the left, another to the right. Wheels strike divergently. Omnibuses conglomerate in conflict)—for ever desiring—(the clock asseverates with twelve distinct strokes that it is midday; light sheds gold scales; children swarm)—for ever desiring truth. Red is the dome; coins hang on the trees; smoke trails from the chimneys; bark, shout, cry «Iron for sale»—and truth?

Radiating to a point men's feet and women's feet, black or gold-encrusted—(This foggy weather—Sugar? No, thank you—The commonwealth of the future)—the firelight darting and making the room red, save for the black figures and their bright eyes, while outside a van discharges, Miss Thingummy drinks tea at her desk, and plate-glass preserves fur coats——

Flaunted, leaf-light, drifting at corners, blown across the wheels, silver-splashed, home or not home, gathered, scattered, squandered in separate scales, swept up, down, torn, sunk, assembled—and truth?

Now to recollect by the fireside on the white square of marble. From ivory depths words rising shed their blackness, blossom and penetrate. Fallen the book; in the flame, in the smoke, in the momentary sparks—or now voyaging, the marble square pendant, minarets beneath and the Indian seas, while space rushes blue and stars glint—truth? or now, content with closeness?

Lazy and indifferent the heron returns; the sky veils her stars; then bares them.

LUNES O MARTES

Perezosa e indiferente, sacudiendo el espacio con facilidad desde sus alas, conociendo su camino, la garza pasa sobre la iglesia bajo el cielo. Blanco y distante, absorto en sí mismo, sin cesar, el cielo se cubre y se descubre, se mueve y permanece. ¿Un lago? ¡Borra sus orillas! ¿Una montaña? Oh, perfecta... el sol dorado en sus laderas. Por debajo cae. Helechos entonces, o plumas blancas, por siempre y para siempre...

Deseando la verdad, esperándola, destilando laboriosamente algunas palabras, por siempre deseando... (un grito se empieza a oír por la izquierda, otro por la derecha. Las ruedas golpean divergentes. Los omnibuses se conglomeran en conflicto)... por siempre deseando... (el reloj asevera con doce golpes distintos que es mediodía; la luz derrama escamas de oro; los niños pululan)... por siempre deseando la verdad. La cúpula es roja; las monedas cuelgan de los árboles; el humo sale de las chimeneas; los ladridos, los gritos, los gritos de «se vende hierro»... ¿y la verdad?

Irradiando hasta un punto preciso los pies de los hombres y los pies de las mujeres, negros o con incrustaciones de oro... (Este tiempo de niebla... ¿Azúcar? No, gracias... La mancomunidad del futuro)... la luz de la hoguera se dispara y hace que la habitación se vuelva roja, salvo por las figuras negras y sus ojos brillantes, mientras que fuera una furgoneta descarga, la señorita Fulana de Tal bebe té en su escritorio, y los cristales protegen los abrigos de pieles...

Enarbolado, con luz de hoja, a la deriva en las esquinas, soplado a través de las ruedas, salpicado de plata, en casa o no en casa, reunido, dispersado, despilfarrado en escalas separadas, barrido hacia arriba, hacia abajo, desgarrado, hundido, ensamblado... ¿y la verdad?

Ahora a recogerse junto al fuego en el blanco cuadrado de mármol. Desde las profundidades de marfil las palabras que surgen se desprenden de su negrura, florecen y penetran. Caído el libro; en la llama, en el humo, en las chispas momentáneas... o ahora viajando, el cuadrado de mármol colgante, los minaretes debajo y los mares de la India, mientras el espacio se precipita azul y las estrellas brillan... ¿la verdad? o ahora, ¿contento con la cercanía?

Perezosa e indiferente vuelve la garza; el cielo vela sus estrellas; luego las revela.

AN UNWRITTEN NOVEL

Such an expression of unhappiness was enough by itself to make one's eyes slide above the paper's edge to the poor woman's face—insignificant without that look, almost a symbol of human destiny with it. Life's what you see in people's eyes; life's what they learn, and, having learnt it, never, though they seek to hide it, cease to be aware of—what? That life's like that, it seems. Five faces opposite—five mature faces—and the knowledge in each face. Strange, though, how people want to conceal it! Marks of reticence are on all those faces: lips shut, eyes shaded, each one of the five doing something to hide or stultify his knowledge. One smokes; another reads; a third checks entries in a pocket book; a fourth stares at the map of the line framed opposite; and the fifth—the terrible thing about the fifth is that she does nothing at all. She looks at life. Ah, but my poor, unfortunate woman, do play the game—do, for all our sakes, conceal it!

As if she heard me, she looked up, shifted slightly in her seat and sighed. She seemed to apologise and at the same time to say to me, «If only you knew!» Then she looked at life again. «But I do know,» I answered silently, glancing at the *Times* for manners' sake. «I know the whole business. 'Peace between Germany and the Allied Powers was yesterday officially ushered in at Paris—Signor Nitti, the Italian Prime Minister—a passenger train at Doncaster was in collision with a goods train...' We all know—the *Times* knows—but we pretend we don't.» My eyes had once more crept over the paper's rim. She shuddered, twitched her arm queerly to the middle of her back and shook her head. Again I dipped into my great reservoir of life. «Take what you like,» I continued, «births, deaths, marriages, Court Circular, the habits of birds, Leonardo da Vinci, the Sandhills murder, high wages and the cost of living—oh, take what you like,» I repeated, «it's all in the *Times*!» Again with infinite weariness she moved her head from side to side until, like a top exhausted with spinning, it settled on her neck.

The *Times* was no protection against such sorrow as hers. But other human beings forbade intercourse. The best thing to do against life was to fold the paper so that it made a perfect square, crisp, thick,

UNA NOVELA NO ESCRITA

Aquella expresión de infelicidad bastaba por sí sola para que los ojos se deslizaran por encima del borde del papel hacia el rostro de la pobre mujer... insignificante sin aquella mirada, casi un símbolo del destino humano con ella. La vida es lo que se ve en los ojos de la gente; la vida es lo que aprenden, y, habiéndolo aprendido, nunca, aunque traten de ocultarlo, dejan de ser conscientes de... ¿qué? De que la vida es así, parece. Cinco rostros opuestos —cinco rostros maduros— y el conocimiento en cada rostro. Sin embargo, ¡qué extraño es que la gente quiera ocultarlo! En todos esos rostros hay marcas de reticencia: labios cerrados, ojos cubiertos, cada una de las cinco personas hace algo para ocultar o dificultar que la conozcan. Una fuma; otra lee; una tercera revisa las anotaciones en un libro de bolsillo; una cuarta mira fijamente el mapa de la línea de tren enmarcado frente a ella; y la quinta... lo terrible de la quinta es que no hace nada en absoluto. Ella mira la vida. Ah, pero mi pobre y desafortunada mujer, juega el juego... por el bien de todos, ¡disimula!

Como si me hubiera oído, levantó la vista, se desplazó ligeramente en su asiento y suspiró. Pareció disculparse y, al mismo tiempo, decirme: «¡Si supieras!». Luego volvió a mirar a la vida. «Pero lo sé», respondí en silencio, mirando el *Times* por educación. «Conozco todo el asunto. "La paz entre Alemania y las Potencias Aliadas fue instaurada ayer oficialmente en París... el señor Nitti, primer ministro italiano... un tren de pasajeros en Doncaster chocó con un tren de mercancías...". Todos lo sabemos, el *Times* lo sabe, pero fingimos que no lo sabemos». Mis ojos se habían deslizado una vez más por el borde del papel. Ella se estremeció, movió el brazo de forma extraña hasta la mitad de la espalda y sacudió la cabeza. Volví a echar mano de mi gran reserva de vida. «Coge lo que quieras», continué, «nacimientos, muertes, matrimonios, la Circular de la Corte, los hábitos de los pájaros, Leonardo da Vinci, el asesinato de Sandhills, los altos salarios y el coste de la vida... oh, coge lo que quieras», repetí, «¡todo está en el *Times*!». De nuevo, con infinito cansancio, movió la cabeza de un lado a otro hasta que... como un trompo agotado de dar vueltas se posó en su cuello.

El *Times* no era una protección contra una pena como la suya. Pero otros seres humanos prohibían las relaciones. Lo mejor que se podía hacer contra la vida era doblar el periódico de modo que formara un

impervious even to life. This done, I glanced up quickly, armed with a shield of my own. She pierced through my shield; she gazed into my eyes as if searching any sediment of courage at the depths of them and damping it to clay. Her twitch alone denied all hope, discounted all illusion.

So we rattled through Surrey and across the border into Sussex. But with my eyes upon life I did not see that the other travellers had left, one by one, till, save for the man who read, we were alone together. Here was Three Bridges station. We drew slowly down the platform and stopped. Was he going to leave us? I prayed both ways—I prayed last that he might stay. At that instant he roused himself, crumpled his paper contemptuously, like a thing done with, burst open the door, and left us alone.

The unhappy woman, leaning a little forward, palely and co-lourlessly addressed me—talked of stations and holidays, of brothers at Eastbourne, and the time of year, which was, I forget now, early or late. But at last looking from the window and seeing, I knew, only life, she breathed, «Staying away—that's the drawback of it——» Ah, now we approached the catastrophe, «My sister-in-law»—the bitterness of her tone was like lemon on cold steel, and speaking, not to me, but to herself, she muttered, «nonsense, she would say—that's what they all say,» and while she spoke she fidgeted as though the skin on her back were as a plucked fowl's in a poulterer's shop-window.

«Oh, that cow!» she broke off nervously, as though the great woo-den cow in the meadow had shocked her and saved her from some indiscretion. Then she shuddered, and then she made the awkward angular movement that I had seen before, as if, after the spasm, some spot between the shoulders burnt or itched. Then again she looked the most unhappy woman in the world, and I once more reproached her, though not with the same conviction, for if there were a reason, and if I knew the reason, the stigma was removed from life.

«Sisters-in-law,» I said—

Her lips pursed as if to spit venom at the word; pursed they re-mained. All she did was to take her glove and rub hard at a spot on the window-pane. She rubbed as if she would rub something out for

cuadrado perfecto, crujiente, grueso, impermeable incluso a la vida. Hecho esto, levanté la vista rápidamente, armada con un escudo propio. Ella atravesó mi escudo; me miró a los ojos como si buscara cualquier sedimento de valor en el fondo de ellos y lo redujera a arcilla. Su movimiento negó toda esperanza, descartó toda ilusión.

Así que atravesamos Surrey y cruzamos la frontera con Sussex. Pero con los ojos puestos en la vida no vi que los demás viajeros se habían ido, uno a uno, hasta que, salvo el hombre que leía, nos quedamos a solas. Aquí estaba la estación de Three Bridges. Nos acercamos lentamente al andén y nos detuvimos. ¿Nos dejaría él? Recé en ambos sentidos; recé por último... para que él se quedara. En ese momento se levantó, arrugó su periódico despectivamente, como si fuera una cosa acabada, abrió de golpe la puerta y nos dejó solas.

La infeliz mujer, inclinándose un poco hacia delante, se dirigió a mí pálidamente y sin color... hablando de estaciones y vacaciones, de hermanos en Eastbourne y de la estación del año, que era... lo he olvidado... temprana o tardía. Pero al final, mirando desde la ventana y viendo, yo sabía, sólo la vida, suspiró, «Estar lejos... ése es el inconveniente...». Ah, ahora nos acercamos a la catástrofe, «Mi cuñada...», la amargura de su tono era como el limón en el frío acero, y hablando, no a mí, sino a sí misma, murmuró, «tonterías, diría ella... eso es lo que dicen todos», y mientras hablaba se agitaba como si la piel de su espalda fuera como la de un ave desplumada en el escaparate de un pollero.

«¡Oh, esa vaca!», interrumpió nerviosa, como si la gran vaca de madera en el prado la hubiera conmocionado y salvado de alguna indiscreción. Luego se estremeció, y entonces hizo el torpe movimiento angular que yo había visto antes, como si, después de un espasmo, le ardiera o le picara algún punto entre los hombros. Entonces volvió a parecer la mujer más infeliz del mundo, y yo volví a reprocharle, aunque no con la misma convicción, pues si había una razón, y si yo conocía la razón, el estigma se quitaba de la vida.

«Cuñadas», dije...

Sus labios se fruncieron como si fueran a escupir veneno al oír la palabra; y siguieron fruncidos. Lo único que hizo fue coger su guante y frotar con fuerza una mancha en el cristal de la ventana. Frotó como si

ever—some stain, some indelible contamination. Indeed, the spot remained for all her rubbing, and back she sank with the shudder and the clutch of the arm I had come to expect. Something impelled me to take my glove and rub my window. There, too, was a little speck on the glass. For all my rubbing it remained. And then the spasm went through me; I crooked my arm and plucked at the middle of my back. My skin, too, felt like the damp chicken's skin in the poulterer's shop-window; one spot between the shoulders itched and irritated, felt clammy, felt raw. Could I reach it? Surreptitiously I tried. She saw me. A smile of infinite irony, infinite sorrow, flitted and faded from her face. But she had communicated, shared her secret, passed her poison; she would speak no more. Leaning back in my corner, shielding my eyes from her eyes, seeing only the slopes and hollows, greys and purples, of the winter's landscape, I read her message, deciphered her secret, reading it beneath her gaze.

Hilda's the sister-in-law. Hilda? Hilda? Hilda Marsh—Hilda the blooming, the full bosomed, the matronly. Hilda stands at the door as the cab draws up, holding a coin. «Poor Minnie, more of a grasshopper than ever—old cloak she had last year. Well, well, with two children these days one can't do more. No, Minnie, I've got it; here you are, cabby—none of your ways with me. Come in, Minnie. Oh, I could carry *you*, let alone your basket!» So they go into the dining-room. «Aunt Minnie, children.»

Slowly the knives and forks sink from the upright. Down they get (Bob and Barbara), hold out hands stiffly; back again to their chairs, staring between the resumed mouthfuls. [But this we'll skip; ornaments, curtains, trefoil china plate, yellow oblongs of cheese, white squares of biscuit—skip—oh, but wait! Halfway through luncheon one of those shivers; Bob stares at her, spoon in mouth. «Get on with your pudding, Bob;» but Hilda disapproves. «Why *should* she twitch?» Skip, skip, till we reach the landing on the upper floor; stairs brass-bound; linoleum worn; oh, yes! little bedroom looking out over the roofs of Eastbourne—zigzagging roofs like the spines of caterpillars, this way, that way, striped red and yellow, with blue-black slating]. Now, Minnie, the door's shut; Hilda heavily descends to the basement; you unstrap the straps of your basket, lay on the bed a meagre nightgown, stand

fuera a borrar algo para siempre… alguna mancha, alguna contaminación indeleble. De hecho, la mancha permaneció a pesar de todos sus frotamientos, y ella volvió a hundirse, con el estremecimiento y el aferramiento del brazo que yo había aprendido a esperar. Algo me impulsó a coger mi guante y frotar la ventana. También allí había una pequeña mancha en el cristal. Por mucho que la frotara, permanecía allí. Y entonces el espasmo me atravesó; torcí el brazo y me toqué la mitad de la espalda. También sentía mi piel como si fuera la piel húmeda del pollo en el escaparate del pollero; un punto entre los hombros me picaba e irritaba, se sentía húmedo, en carne viva. ¿Podía alcanzarlo? Lo intenté subrepticiamente. Ella me vio. Una sonrisa de infinita ironía, de infinito dolor, revoloteó y luego se desvaneció de su rostro. Pero se había comunicado, había compartido su secreto, había pasado su veneno; no hablaría más. Recostada en mi rincón, protegiendo mis ojos de los suyos, viendo sólo las pendientes y los valles, los grises y los morados del paisaje invernal, leí su mensaje, descifré su secreto, leyéndolo bajo su mirada.

Hilda es la cuñada. ¿Hilda? ¿Hilda? Hilda Marsh… Hilda la floreciente, la de los pechos llenos, la matrona. Hilda se queda en la puerta cuando el taxi se acerca, sosteniendo una moneda. «Pobre Minnie, más chaparra que nunca, la vieja capa que tenía el año pasado. Bueno, bueno, con dos niños hoy en día no se puede hacer más. No, Minnie, yo me encargo; aquí tiene, taxista… no te salgas con la tuya. Entra, Minnie. Oh, ¡incluso podría cargarte a *ti*, deja allí tu cesta!». Así que entran en el comedor. «Niños, Tía Minnie».

Lentamente, los cuchillos y los tenedores se hunden desde arriba. Se bajan (Bob y Bárbara), extienden las manos con rigidez; vuelven a sus sillas, mirando fijamente entre los bocados reanudados. [Pero esto nos lo saltaremos; los adornos, las cortinas, el plato de porcelana con tréboles, los quesos amarillos alargados, los cuadrados blancos de galletas… lo saltaremos… ¡oh, pero esperen! A mitad del almuerzo, uno de esos escalofríos; Bob la mira fijamente, con la cuchara en la boca. «Sigue con tu pudín, Bob»; pero Hilda lo desaprueba. «¿Por qué *tendría* ella que retorcerse?». Lo saltamos, lo saltamos, hasta que llegamos al rellano del piso superior; las escaleras están cubiertas de bronce; el linóleo está desgastado; ¡oh, sí! un pequeño dormitorio con vistas a los tejados de Eastbourne… techos zigzagueantes como las columnas de las orugas, por aquí, por allá, a rayas rojas y amarillas, con pizarra azul y negra].

side by side furred felt slippers. The looking-glass—no, you avoid the looking-glass. Some methodical disposition of hat-pins. Perhaps the shell box has something in it? You shake it; it's the pearl stud there was last year—that's all. And then the sniff, the sigh, the sitting by the window. Three o'clock on a December afternoon; the rain drizzling; one light low in the skylight of a drapery emporium; another high in a servant's bedroom—this one goes out. That gives her nothing to look at. A moment's blankness—then, what are you thinking? (Let me peep across at her opposite; she's asleep or pretending it; so what would she think about sitting at the window at three o'clock in the afternoon? Health, money, hills, her God?) Yes, sitting on the very edge of the chair looking over the roofs of Eastbourne, Minnie Marsh prays to God. That's all very well; and she may rub the pane too, as though to see God better; but what God does she see? Who's the God of Minnie Marsh, the God of the back streets of Eastbourne, the God of three o'clock in the afternoon? I, too, see roofs, I see sky; but, oh, dear—this seeing of Gods! More like President Kruger than Prince Albert—that's the best I can do for him; and I see him on a chair, in a black frock-coat, not so very high up either; I can manage a cloud or two for him to sit on; and then his hand trailing in the cloud holds a rod, a truncheon is it?—black, thick, thorned—a brutal old bully—Minnie's God! Did he send the itch and the patch and the twitch? Is that why she prays? What she rubs on the window is the stain of sin. Oh, she committed some crime!

I have my choice of crimes. The woods flit and fly—in summer there are bluebells; in the opening there, when Spring comes, primroses. A parting, was it, twenty years ago? Vows broken? Not Minnie's!... She was faithful. How she nursed her mother! All her savings on the tombstone—wreaths under glass—daffodils in jars. But I'm off the track. A crime... They would say she kept her sorrow, suppressed her secret—her sex, they'd say—the scientific people. But what flummery to saddle *her* with sex! No—more like this. Passing down the streets of Croydon twenty years ago, the violet loops of ribbon in the draper's window spangled in the electric light catch her eye. She lingers—past six. Still by running she can reach home. She pushes through the glass swing door. It's sale-time. Shallow trays brim with ribbons. She pauses, pulls this, fingers that with the raised roses on it—no need to

Ahora, Minnie, la puerta está cerrada; Hilda desciende pesadamente al sótano; tú te desprendes de las correas de tu cesta, colocas sobre la cama un exiguo camisón, te pones al lado de unas zapatillas de fieltro de piel. El espejo... no, evitas el espejo. Una disposición metódica de los alfileres del sombrero. ¿Quizás la caja de conchas tiene algo dentro? La agitas; es la perla que había el año pasado... eso es todo. Y luego el olor, el suspiro, el sentarse junto a la ventana. Las tres de la tarde en diciembre; la lluvia cayendo; una luz baja en el tragaluz de un emporio de cortinas; otra alta en el dormitorio de un sirviente... ésta se apaga. Eso no le deja nada que mirar. Un momento de ausencia... y luego, ¿en qué piensas? (Dejen que me asome al otro lado; está dormida o lo finge; entonces, ¿en qué pensaría sentada en la ventana a las tres de la tarde? ¿Salud, dinero, colinas, su Dios?). Sí, sentada en el mismo borde de la silla mirando por encima de los tejados de Eastbourne, Minnie Marsh reza a Dios. Eso está muy bien; y también puede frotar el cristal, como para ver mejor a Dios; pero ¿qué Dios ve? ¿Quién es el Dios de Minnie Marsh, el Dios de las calles secundarias de Eastbourne, el Dios de las tres de la tarde? Yo también veo los tejados, veo el cielo; pero, ¡oh, querida... esta visión de los Dioses! Se parece más al Presidente Kruger que al Príncipe Alberto, eso es lo mejor que puedo hacer por él; y lo veo en una silla, con un abrigo negro, no muy alto tampoco; puedo conseguir una nube o dos para que se siente; y entonces su mano que se arrastra en la nube sostiene una vara, un garrote ¿no?... negro, grueso, espinoso... un viejo y brutal matón... ¡El Dios de Minnie! ¿Él le envió la picazón, el remiendo y el tirón? ¿Es por eso que ella reza? Lo que ella frota en la ventana es la mancha del pecado. ¡Oh, ella cometió algún crimen!

Puedo elegir mis crímenes. Los bosques revolotean y se van... en verano hay campanillas; en el claro, cuando llega la primavera, prímulas. ¿Una despedida, fue, hace veinte años? ¿Votos rotos? ¡No los de Minnie!... Ella fue fiel. ¡Cómo cuidó a su madre! Todos sus ahorros en la lápida... coronas de flores bajo el cristal... narcisos en frascos. Pero estoy yéndome por las ramas. Un crimen... Dirían que guardó su pena, que reprimió su secreto —su sexo, dirían— los científicos. ¡Pero qué tontería es endilgarle a *ella* lo del sexo! No... más bien esto. Al pasar por las calles de Croydon hace veinte años, los lazos violetas del escaparate de la mercería, iluminados por la luz eléctrica, le llaman la atención. Se demora... son las seis pasadas. Todavía puede llegar a casa corriendo. Atraviesa la puerta giratoria de cristal. Es la época de las rebajas. Las bandejas poco profundas rebosan de cintas. Ella se detiene, tira de esto, toca aquello

choose, no need to buy, and each tray with its surprises. «We don't shut till seven,» and then it *is* seven. She runs, she rushes, home she reaches, but too late. Neighbours—the doctor—baby brother—the kettle—scalded—hospital—dead—or only the shock of it, the blame? Ah, but the detail matters nothing! It's what she carries with her; the spot, the crime, the thing to expiate, always there between her shoulders. «Yes,» she seems to nod to me, «it's the thing I did.»

Whether you did, or what you did, I don't mind; it's not the thing I want. The draper's window looped with violet—that'll do; a little cheap perhaps, a little commonplace—since one has a choice of crimes, but then so many (let me peep across again—still sleeping, or pretending sleep! white, worn, the mouth closed—a touch of obstinacy, more than one would think—no hint of sex)—so many crimes aren't *your* crime; your crime was cheap; only the retribution solemn; for now the church door opens, the hard wooden pew receives her; on the brown tiles she kneels; every day, winter, summer, dusk, dawn (here she's at it) prays. All her sins fall, fall, for ever fall. The spot receives them. It's raised, it's red, it's burning. Next she twitches. Small boys point. «Bob at lunch to-day»—But elderly women are the worst.

Indeed now you can't sit praying any longer. Kruger's sunk beneath the clouds—washed over as with a painter's brush of liquid grey, to which he adds a tinge of black—even the tip of the truncheon gone now. That's what always happens! Just as you've seen him, felt him, someone interrupts. It's Hilda now.

How you hate her! She'll even lock the bathroom door overnight, too, though it's only cold water you want, and sometimes when the night's been bad it seems as if washing helped. And John at breakfast—the children—meals are worst, and sometimes there are friends—ferns don't altogether hide 'em—they guess, too; so out you go along the front, where the waves are grey, and the papers blow, and the glass shelters green and draughty, and the chairs cost tuppence—too much—for there must be preachers along the sands. Ah, that's a nigger—that's a funny man—that's a man with parakeets—poor little creatures! Is there no one here who thinks of God?—just up there, over the pier, with his rod—but no—there's nothing but grey in

con las rosas en relieve... no hay que elegir, no hay que comprar, y cada bandeja con sus sorpresas. «No cerramos hasta las siete», y enseguida *son* las siete. Corre, se apresura, llega a casa, pero demasiado tarde. Los vecinos... el médico... el hermano pequeño... la tetera... el hospital... la muerte... ¿o sólo el susto, la culpa? ¡Ah, pero los detalles no importan! Es lo que lleva consigo; la mancha, el crimen, lo que hay que expiar, siempre allí entre los hombros. «Sí», parece asentirme, «es lo que hice».

No me importa si lo hiciste o qué hiciste; no es eso lo que quiero. El escaparate de la mercería con un lazo violeta... eso servirá; un poco barato quizás, un poco vulgar... ya que una puede elegir los crímenes, pero entonces hay tantos (déjame echar un vistazo otra vez... ¡todavía durmiendo, o fingiendo dormir! blanca, desgastada, la boca cerrada... un toque de obstinación, más de lo que uno pensaría... ningún indicio de sexo)... tantos crímenes no son *tu* crimen; tu crimen fue barato; sólo la retribución solemne; porque ahora la puerta de la iglesia se abre, el duro banco de madera la recibe; sobre las baldosas marrones se arrodilla; cada día, invierno, verano, atardecer, amanecer (aquí está ella) reza. Todos sus pecados caen, caen, para siempre caen. El punto en la espalda los recibe. Se levanta, se enrojece, arde. Luego se estremece. Los niños pequeños la señalan. «Bob en el almuerzo hoy»... ¡Pero las mujeres mayores son las peores!

De hecho, ahora ya no puedes seguir rezando. Kruger se ha hundido bajo las nubes... barrido como con el pincel de un pintor, de gris líquido, al que añade un matiz de negro; hasta la punta de el garrote ha desaparecido. ¡Eso es lo que siempre pasa! Justo cuando lo has visto, lo has sentido, alguien interrumpe. Es Hilda esta vez.

¡Cómo la odias! Incluso cierra con llave la puerta del baño durante la noche, aunque sólo quieres agua fría, y a veces, cuando la noche ha sido mala, parece que lavarse ayuda. Y John en el desayuno —los niños—, las comidas son lo peor, y a veces hay amigos —los helechos no los ocultan del todo—, también adivinan; así que sales por el frente, donde las olas son grises, y los papeles vuelan, y los cobertizos de vidrio son verdes y tienen corrientes de aire, y las sillas cuestan dos peniques —demasiado—, pues debe haber predicadores a lo largo de las playas. Ah, ése es un negro... ése es un hombre gracioso... ése es un hombre con periquitos... ¡pobres criaturas! ¿No hay nadie aquí que piense en Dios?... allí arriba, sobre el muelle, con su caña...pero no... no hay nada más que gris en el

the sky or if it's blue the white clouds hide him, and the music—it's military music—and what they are fishing for? Do they catch them? How the children stare! Well, then home a back way—«Home a back way!» The words have meaning; might have been spoken by the old man with whiskers—no, no, he didn't really speak; but everything has meaning—placards leaning against doorways—names above shop-windows—red fruit in baskets—women's heads in the hairdresser's—all say «Minnie Marsh!» But here's a jerk. «Eggs are cheaper!» That's what always happens! I was heading her over the waterfall, straight for madness, when, like a flock of dream sheep, she turns t'other way and runs between my fingers. Eggs are cheaper. Tethered to the shores of the world, none of the crimes, sorrows, rhapsodies, or insanities for poor Minnie Marsh; never late for luncheon; never caught in a storm without a mackintosh; never utterly unconscious of the cheapness of eggs. So she reaches home—scrapes her boots.

Have I read you right? But the human face—the human face at the top of the fullest sheet of print holds more, withholds more. Now, eyes open, she looks out; and in the human eye—how d'you define it?—there's a break—a division—so that when you've grasped the stem the butterfly's off—the moth that hangs in the evening over the yellow flower—move, raise your hand, off, high, away. I won't raise my hand. Hang still, then, quiver, life, soul, spirit, whatever you are of Minnie Marsh—I, too, on my flower—the hawk over the down—alone, or what were the worth of life? To rise; hang still in the evening, in the midday; hang still over the down. The flicker of a hand—off, up! then poised again. Alone, unseen; seeing all so still down there, all so lovely. None seeing, none caring. The eyes of others our prisons; their thoughts our cages. Air above, air below. And the moon and immortality... Oh, but I drop to the turf! Are you down too, you in the corner, what's your name—woman—Minnie Marsh; some such name as that? There she is, tight to her blossom; opening her hand-bag, from which she takes a hollow shell—an egg—who was saying that eggs were cheaper? You or I? Oh, it was you who said it on the way home, you remember, when the old gentleman, suddenly opening his umbrella—or sneezing was it? Anyhow, Kruger went, and you came «home a back way,» and scraped your boots. Yes. And now you lay across your knees a pocket-handkerchief into which drop little an-

cielo o si es azul las nubes blancas lo ocultan, y la música —es música militar— y ¿qué están pescando? ¿Hay pesca? ¡Cómo miran los niños! Bueno, entonces a casa por el camino de atrás... «¡A casa por el camino de atrás!». Las palabras tienen significado; podrían haber sido pronunciadas por el anciano con bigotes... no, no, realmente no habló; pero todo tiene significado... los carteles apoyados en los pórticos... los nombres sobre los escaparates... las frutas rojas en las cestas... las cabezas de las mujeres en la peluquería... todo dice «¡Minnie Marsh!». Pero aquí hay un idiota. «¡Los huevos son más baratos!». ¡Eso es lo que siempre pasa! Estaba dirigiéndola por la cascada, directamente hacia la locura, cuando, como un rebaño de ovejas de ensueño, se vuelve hacia el otro lado y huye entre mis dedos. Los huevos son más baratos. Aferrada a las orillas del mundo, ninguno de los crímenes, penas, rapsodias o locuras para la pobre Minnie Marsh; nunca llega tarde al almuerzo; nunca se ve atrapada en una tormenta sin un impermeable; nunca es totalmente inconsciente de la barato que son los huevos. Así que llega a casa... se limpia las botas.

¿Te he leído bien? Pero el rostro humano... el rostro humano en la parte superior de la hoja más completa de la impresión contiene más, retiene más. Ahora, con los ojos abiertos, mira hacia fuera; y en el ojo humano... ¿cómo lo defines?... hay una ruptura... una división... de modo que cuando has agarrado el torso de la mariposa... la polilla que cuelga al atardecer sobre la flor amarilla... muévete, levanta la mano, fuera, alto, lejos. No voy a levantar la mano. Quédate quieta, entonces, estremecimiento, vida, alma, espíritu, lo que sea de Minnie Marsh... yo también, en mi flor... el halcón sobre el plumón... sola, ¿o qué valía la vida? Ponerse de pie; quedarse quieta en la tarde, en el mediodía; quedarse quieta sobre el plumón. El parpadeo de una mano... ¡arriba! y luego de nuevo en posición. Sola, sin ser visto; viendo todo tan quieto allí abajo, todo tan hermoso. Nadie ve, a nadie le importa. Los ojos de los demás son nuestras prisiones; sus pensamientos, nuestras jaulas. Aire arriba, aire abajo. Y la luna y la inmortalidad... ¡Oh, pero me caigo al suelo! ¿Tú también estás en el rincón, cómo te llamas... mujer... Minnie Marsh; un nombre así? Ahí está, pegada a su flor; abriendo su cartera, de la que saca una cáscara hueca... un huevo... ¿quién decía que los huevos eran más baratos? ¿Tú o yo? Oh, fuiste tú quien lo dijo de camino a casa, te acuerdas, cuando el viejo caballero, abriendo de repente su paraguas... ¿o estornudando fue? En cualquier caso, Kruger se fue, y tú llegaste «a casa por el camino de atrás», y te limpiaste las botas. Sí. Y ahora pones

gular fragments of eggshell—fragments of a map—a puzzle. I wish I could piece them together! If you would only sit still. She's moved her knees—the map's in bits again. Down the slopes of the Andes the white blocks of marble go bounding and hurtling, crushing to death a whole troop of Spanish muleteers, with their convoy—Drake's booty, gold and silver. But to return——

To what, to where? She opened the door, and, putting her umbrella in the stand—that goes without saying; so, too, the whiff of beef from the basement; dot, dot, dot. But what I cannot thus eliminate, what I must, head down, eyes shut, with the courage of a battalion and the blindness of a bull, charge and disperse are, indubitably, the figures behind the ferns, commercial travellers. There I've hidden them all this time in the hope that somehow they'd disappear, or better still emerge, as indeed they must, if the story's to go on gathering richness and rotundity, destiny and tragedy, as stories should, rolling along with it two, if not three, commercial travellers and a whole grove of aspidistra. «The fronds of the aspidistra only partly concealed the commercial traveller—» Rhododendrons would conceal him utterly, and into the bargain give me my fling of red and white, for which I starve and strive; but rhododendrons in Eastbourne—in December—on the Marshes' table—no, no, I dare not; it's all a matter of crusts and cruets, frills and ferns. Perhaps there'll be a moment later by the sea. Moreover, I feel, pleasantly pricking through the green fretwork and over the glacis of cut glass, a desire to peer and peep at the man opposite—one's as much as I can manage. James Moggridge is it, whom the Marshes call Jimmy? [Minnie, you must promise not to twitch till I've got this straight]. James Moggridge travels in—shall we say buttons?—but the time's not come for bringing *them* in—the big and the little on the long cards, some peacock-eyed, others dull gold; cairngorms some, and others coral sprays—but I say the time's not come. He travels, and on Thursdays, his Eastbourne day, takes his meals with the Marshes. His red face, his little steady eyes—by no means altogether commonplace—his enormous appetite (that's safe; he won't look at Minnie till the bread's swamped the gravy dry), napkin tucked diamond-wise—but this is primitive, and, whatever it may do the reader, don't take me in. Let's dodge to the Moggridge household, set that in motion. Well, the family boots are mended on Sundays by James himself. He reads *Truth*. But his passion? Roses—and his wife

sobre tus rodillas un pañuelo de bolsillo en el que caen pequeños fragmentos angulosos de cáscara de huevo... fragmentos de un mapa... un rompecabezas. ¡Desearía poder unirlos! Si se quedara quieta. Ha movido las rodillas... el mapa está en pedazos otra vez. Por las laderas de los Andes, los bloques blancos de mármol bajan saltando y precipitándose, aplastando hasta la muerte a toda una tropa de arrieros españoles, con su convoy... el botín de Drake, oro y plata. Pero, para volver...

¿A qué, a dónde? Abrió la puerta, y, poniendo el paraguas en su lugar... eso no hace falta decirlo; también el tufillo a carne del sótano; punto, punto, punto. Pero lo que no puedo eliminar así, lo que debo, con la cabeza gacha, los ojos cerrados, con el coraje de un batallón y la ceguera de un toro, embestir y dispersar son, indudablemente, las figuras detrás de los helechos, los viajeros de comercio. Allí los he escondido todo este tiempo con la esperanza de que de algún modo desaparecieran, o mejor aún, emergieran, como de hecho deben hacerlo, si la historia ha de seguir acumulando riqueza y rotundidad, destino y tragedia, como deben hacerlo las historias, arrastrando consigo a dos, si no tres, viajeros de comercio y toda una arboleda de aspidistra. «Las frondas de la aspidistra sólo ocultaban en parte al viajero de comerco...». Los rododendros lo ocultarían por completo, y de paso me darían mi oportunidad de rojo y blanco, por la que me muero y me esfuerzo; pero los rododendros en Eastbourne... en diciembre... en la mesa de los Marsh... no, no, no me atrevo; todo es cuestión de cortezas y vinagreras, volantes y helechos. Tal vez haya un momento más tarde junto al mar. Además, siento, pinchando agradablemente a través de la greca verde y por encima del cristal tallado, un deseo de asomarse y espiar al hombre de enfrente... uno es todo lo que puedo conseguir. ¿Es James Moggridge, a quien los Marsh llaman Jimmy? [Minnie, debes prometerme que no te estremecerás hasta que haya aclarado esto]. James Moggridge viaja y comercia con... ¿digamos botones?... pero no ha llegado el momento de hablar de *ellos*... los grandes y los pequeños en los cartones largos, algunos de ojos de pavo real, otros de oro mate; algunos de cuarzo, y otros rociados de coral... pero digo que no ha llegado el momento. Él viaja, y los jueves, su día de Eastbourne, toma sus comidas con los Marsh. Su cara roja, sus pequeños ojos firmes... no son del todo comunes... su enorme apetito (eso es seguro; no mirará a Minnie hasta que el pan haya secado la salsa), la servilleta metida con forma de diamante... pero esto es primitivo, y, haga lo que haga el lector, que no se preocupe por mí. Vayamos a la casa de los Moggridge y pongamos esto en marcha. Bueno, las botas

a retired hospital nurse—interesting—for God's sake let me have one woman with a name I like! But no; she's of the unborn children of the mind, illicit, none the less loved, like my rhododendrons. How many die in every novel that's written—the best, the dearest, while Moggridge lives. It's life's fault. Here's Minnie eating her egg at the moment opposite and at t'other end of the line—are we past Lewes? there must be Jimmy—or what's her twitch for?

There must be Moggridge—life's fault. Life imposes her laws; life blocks the way; life's behind the fern; life's the tyrant; oh, but not the bully! No, for I assure you I come willingly; I come wooed by Heaven knows what compulsion across ferns and cruets, table splashed and bottles smeared. I come irresistibly to lodge myself somewhere on the firm flesh, in the robust spine, wherever I can penetrate or find foothold on the person, in the soul, of Moggridge the man. The enormous stability of the fabric; the spine tough as whalebone, straight as oak-tree; the ribs radiating branches; the flesh taut tarpaulin; the red hollows; the suck and regurgitation of the heart; while from above meat falls in brown cubes and beer gushes to be churned to blood again—and so we reach the eyes. Behind the aspidistra they see something: black, white, dismal; now the plate again; behind the aspidistra they see elderly woman; «Marsh's sister, Hilda's more my sort;» the tablecloth now. «Marsh would know what's wrong with Morrises ...» talk that over; cheese has come; the plate again; turn it round— the enormous fingers; now the woman opposite. «Marsh's sister—not a bit like Marsh; wretched, elderly female... You should feed your hens... God's truth, what's set her twitching? Not what *I* said? Dear, dear, dear! these elderly women. Dear, dear!»

[Yes, Minnie; I know you've twitched, but one moment—James Moggridge].

«Dear, dear, dear!» How beautiful the sound is! like the knock of a mallet on seasoned timber, like the throb of the heart of an ancient whaler when the seas press thick and the green is clouded. «Dear,

de la familia son remendadas los domingos por el propio James. Lee la revista *Truth*. ¿Pero su pasión? Las rosas... y su mujer, una enfermera de hospital jubilada... interesante... ¡por el amor de Dios, déjame tener una mujer con un nombre que me guste! Pero no; ella es de los hijos no nacidos de la mente, ilícitos, pero no por ello menos amados, como mis rododendros. Cuántos mueren en cada novela que se escribe... los mejores, los más queridos, mientras Moggridge vive. Es culpa de la vida. Aquí está Minnie comiendo su huevo en ese momento, al frente y al otro lado de la línea... ¿hemos pasado Lewes?... debe estar Jimmy... ¿o para qué este espasmo?

Tiene que haber un Moggridge... la vida tiene la culpa. La vida impone sus leyes; la vida bloquea el camino; la vida está detrás del helecho; la vida es la tirana; ¡oh, pero no abusiva! No, porque les aseguro que vengo de buena gana; vengo cortejada por Dios sabe qué compulsión a través de helechos y vinagreras, mesa salpicada y botellas embadurnadas. Vengo irresistiblemente a alojarme en algún lugar de la firme carne, en la robusta columna vertebral, dondequiera que pueda penetrar o encontrar un punto de apoyo en la persona, en el alma, del hombre Moggridge. La enorme estabilidad del tejido; la columna vertebral dura como un hueso de ballena, recta como un roble; las costillas irradiando ramas; la carne tensa, de lona; los huecos rojos; la succión y la regurgitación del corazón; mientras desde arriba la carne cae en cubos marrones y la cerveza brota para volver a convertirse en sangre... y así llegamos a los ojos. Detrás de la aspidistra ven algo: negro, blanco, lúgubre; ahora el plato de nuevo; detrás de la aspidistra ven a la mujer mayor; «la hermana de Marsh, Hilda es más de mi tipo»; el mantel ahora. «Marsh sabría lo que le pasa a los Morris...», habla de eso; el queso ha llegado; el plato de nuevo; dale la vuelta... los enormes dedos; ahora la mujer de enfrente. «La hermana de Marsh... no se parece en nada a Marsh; pobre, mujer mayor... Deberías alimentar a tus gallinas... La verdad de Dios, ¿qué la ha hecho estremecer? ¿No es lo que *yo* dije? ¡Querida, querida, querida! Estas mujeres mayores. ¡Querida, querida!».

[Sí, Minnie; sé que te has estremecido, pero un momento... James Moggridge].

«¡Querida, querida, querida!». ¡Qué bello es el sonido! Como el golpe de un mazo sobre madera curada, como el latido del corazón de un antiguo ballenero cuando los mares presionan y el verde se nubla. «¡Que-

dear!» what a passing bell for the souls of the fretful to soothe them and solace them, lap them in linen, saying, «So long. Good luck to you!» and then, «What's your pleasure?» for though Moggridge would pluck his rose for her, that's done, that's over. Now what's the next thing? «Madam, you'll miss your train,» for they don't linger.

That's the man's way; that's the sound that reverberates; that's St. Paul's and the motor-omnibuses. But we're brushing the crumbs off. Oh, Moggridge, you won't stay? You must be off? Are you driving through Eastbourne this afternoon in one of those little carriages? Are you the man who's walled up in green cardboard boxes, and sometimes has the blinds down, and sometimes sits so solemn staring like a sphinx, and always there's a look of the sepulchral, something of the undertaker, the coffin, and the dusk about horse and driver? Do tell me—but the doors slammed. We shall never meet again. Moggridge, farewell!

Yes, yes, I'm coming. Right up to the top of the house. One moment I'll linger. How the mud goes round in the mind—what a swirl these monsters leave, the waters rocking, the weeds waving and green here, black there, striking to the sand, till by degrees the atoms reassemble, the deposit sifts itself, and again through the eyes one sees clear and still, and there comes to the lips some prayer for the departed, some obsequy for the souls of those one nods to, the people one never meets again.

James Moggridge is dead now, gone for ever. Well, Minnie—«I can face it no longer.» If she said that—(Let me look at her. She is brushing the eggshell into deep declivities). She said it certainly, leaning against the wall of the bedroom, and plucking at the little balls which edge the claret-coloured curtain. But when the self speaks to the self, who is speaking?—the entombed soul, the spirit driven in, in, in to the central catacomb; the self that took the veil and left the world—a coward perhaps, yet somehow beautiful, as it flits with its lantern restlessly up and down the dark corridors. «I can bear it no longer,» her spirit says. «That man at lunch—Hilda—the children.» Oh, heavens, her sob! It's the spirit wailing its destiny, the spirit driven hither, thither, lodging on the diminishing carpets—meagre footholds—shrunken shreds of all the vanishing universe—love, life,

rida, querida!», qué campana pasajera para las almas de los inquietos, para calmarlos y consolarlos, para envolverlos en lino, diciendo, «¡hasta la vista! ¡buena suerte para ti!», y luego, «¿qué te da placer?», porque aunque Moggridge arrancara su rosa para ella, eso está hecho, eso se acabó. ¿Y ahora, qué es lo siguiente? «Señora, perderá su tren», pues no se demoran.

Ese es el camino del hombre; ese es el sonido que reverbera; esa es San Pablo y los moto-omnibuses. Pero nos estamos quitando las migajas. Oh, Moggridge, ¿no te quedas? ¿Debes irte? ¿Vas a conducir por Eastbourne esta tarde en uno de esos pequeños carruajes? ¿Eres tú el hombre que está amurallado en cajas de cartón verde, y que a veces tiene las persianas bajadas, y a veces está sentado tan solemne mirando como una esfinge, y siempre hay una mirada sepulcral, algo de enterrador, de ataúd, y de crepúsculo sobre el caballo y el conductor? Dime... pero las puertas se cerraron de golpe. No volveremos a vernos. ¡Moggridge, adiós!

Sí, sí, ya voy. Hasta arriba de la casa. Me quedaré un momento. Cómo da vueltas el lodo en la mente... qué remolino dejan estos monstruos, las aguas que se mecen, las hierbas que se agitan y son verdes aquí, negras allá, golpeando la arena, hasta que gradualmente los átomos se reúnen nuevamente, el depósito se tamiza, y de nuevo a través de los ojos se ve claro y quieto, y viene a los labios alguna oración por los difuntos, algún obsequio por las almas de aquellos a los que uno asiente, la gente que una nunca vuelve a encontrar.

James Moggridge está muerto ahora, se ha ido para siempre. Bueno, Minnie... «No puedo soportarlo más». Si ella dijo eso... (Déjenme mirarla. Está cepillando la cáscara de huevo en profundas pendientes). Lo dijo ciertamente, apoyada en la pared del dormitorio, y arrancando las bolitas que bordean la cortina de color clarete. Pero cuando el yo le habla al yo, ¿quién habla?... el alma sepultada, el espíritu empujado hacia dentro, hacia dentro, hacia la catacumba central; el yo que tomó el velo y dejó el mundo... cobarde tal vez, pero de alguna manera hermoso, mientras revolotea con su linterna sin descanso por los pasillos oscuros. «No puedo soportarlo más», dice su espíritu. «Ese hombre en el almuerzo... Hilda... los niños». ¡Oh, cielos, su sollozo! Es el espíritu que grita su destino, el espíritu llevado de aquí para allá, alojado en las alfombras decrecientes... escasos puntos de apoyo... jirones encogidos de todo el universo

faith, husband, children, I know not what splendours and pageantries glimpsed in girlhood. «Not for me—not for me.»

But then—the muffins, the bald elderly dog? Bead mats I should fancy and the consolation of underlinen. If Minnie Marsh were run over and taken to hospital, nurses and doctors themselves would exclaim... There's the vista and the vision—there's the distance—the blue blot at the end of the avenue, while, after all, the tea is rich, the muffin hot, and the dog—«Benny, to your basket, sir, and see what mother's brought you!» So, taking the glove with the worn thumb, defying once more the encroaching demon of what's called going in holes, you renew the fortifications, threading the grey wool, running it in and out.

Running it in and out, across and over, spinning a web through which God himself—hush, don't think of God! How firm the stitches are! You must be proud of your darning. Let nothing disturb her. Let the light fall gently, and the clouds show an inner vest of the first green leaf. Let the sparrow perch on the twig and shake the raindrop hanging to the twig's elbow... Why look up? Was it a sound, a thought? Oh, heavens! Back again to the thing you did, the plate glass with the violet loops? But Hilda will come. Ignominies, humiliations, oh! Close the breach.

Having mended her glove, Minnie Marsh lays it in the drawer. She shuts the drawer with decision. I catch sight of her face in the glass. Lips are pursed. Chin held high. Next she laces her shoes. Then she touches her throat. What's your brooch? Mistletoe or merry-thought? And what is happening? Unless I'm much mistaken, the pulse's quickened, the moment's coming, the threads are racing, Niagara's ahead. Here's the crisis! Heaven be with you! Down she goes. Courage, courage! Face it, be it! For God's sake don't wait on the mat now! There's the door! I'm on your side. Speak! Confront her, confound her soul!

«Oh, I beg your pardon! Yes, this is Eastbourne. I'll reach it down for you. Let me try the handle.» [But, Minnie, though we keep up pretences, I've read you right—I'm with you now].

que se desvanece... el amor, la vida, la fe, el marido, los hijos, no sé qué esplendores y desfiles vislumbrados en la infancia. «No es para mí... no es para mí».

Pero entonces... las magdalenas, el calvo perro anciano... Las alfombras de abalorios que me apetecen y el consuelo de la ropa interior. Si Minnie Marsh fuera atropellada y llevada al hospital, las enfermeras y los propios médicos exclamarían... Ahí está la vista y la visión... está la distancia... la mancha azul al final de la avenida, mientras que, después de todo, el té es rico, la magdalena caliente, y el perro... «¡Benny, a su cesta, señor, y vea lo que le ha traído mamá!». Así que, cogiendo el guante con el pulgar desgastado, desafiando una vez más al demonio invasor de lo que se dice «entrar en dificultades», renuevas las fortificaciones, enhebrando la lana gris, hacia dentro y hacia fuera.

Hacia dentro y hacia fuera, por el medio y por encima, tejiendo una red a través de la cual el mismo Dios... ¡cállate, no pienses en Dios! ¡Qué firmes son las puntadas! Debes estar orgullosa de tu zurcido. Que nada la perturbe. Que la luz caiga suavemente, y las nubes muestren un chaleco interior de la primera hoja verde. Deja que el gorrión se pose en la rama y agite la gota de lluvia que cuelga del codo de la rama... ¿Por qué mirar hacia arriba? ¿Fue un sonido, un pensamiento? ¡Oh, cielos! ¿Volver a la cosa que hiciste, la placa de vidrio con los bucles violetas? Pero Hilda vendrá. Ignominias, humillaciones, ¡oh! Cierra la brecha.

Una vez remendado el guante, Minnie Marsh lo deja en el cajón. Cierra el cajón con decisión. Veo su cara en el espejo. Los labios están fruncidos. La barbilla erguida. Luego se ata los zapatos. Luego se toca la garganta. ¿Qué broche se ha puesto? ¿Muérdago o hueso? ¿Y qué está pasando? A menos que me equivoque mucho, el pulso se acelera, el momento se acerca, los hilos corren, el Niágara está delante. ¡Aquí viene la crisis! ¡Que el cielo te acompañe! Abajo va ella. ¡Valor, valor! ¡Afróntalo, hazlo! ¡Por el amor de Dios, no te detengas ahora sobre la alfombra! ¡Ahí está la puerta! Estoy de tu lado. ¡Habla! ¡Enfréntala, confronta su alma!

«¡Oh, le pido perdón! Sí, esto es Eastbourne. Yo se la llevo. Déjeme probar la manija». [Pero, Minnie, aunque sigamos fingiendo, te he leído bien... estoy contigo ahora].

«That's all your luggage?»

«Much obliged, I'm sure.»

(But why do you look about you? Hilda won't come to the station, nor John; and Moggridge is driving at the far side of Eastbourne).

«I'll wait by my bag, ma'am, that's safest. He said he'd meet me... Oh, there he is! That's my son.»

So they walk off together.

Well, but I'm confounded... Surely, Minnie, you know better! A strange young man... Stop! I'll tell him—Minnie!—Miss Marsh!—I don't know though. There's something queer in her cloak as it blows. Oh, but it's untrue, it's indecent... Look how he bends as they reach the gateway. She finds her ticket. What's the joke? Off they go, down the road, side by side... Well, my world's done for! What do I stand on? What do I know? That's not Minnie. There never was Moggridge. Who am I? Life's bare as bone.

And yet the last look of them—he stepping from the kerb and she following him round the edge of the big building brims me with wonder—floods me anew. Mysterious figures! Mother and son. Who are you? Why do you walk down the street? Where to-night will you sleep, and then, to-morrow? Oh, how it whirls and surges—floats me afresh! I start after them. People drive this way and that. The white light splutters and pours. Plate-glass windows. Carnations; chrysanthemums. Ivy in dark gardens. Milk carts at the door. Wherever I go, mysterious figures, I see you, turning the corner, mothers and sons; you, you, you. I hasten, I follow. This, I fancy, must be the sea. Grey is the landscape; dim as ashes; the water murmurs and moves. If I fall on my knees, if I go through the ritual, the ancient antics, it's you, unknown figures, you I adore; if I open my arms, it's you I embrace, you I draw to me—adorable world!

«¿Ese es todo su equipaje?».

«Muy agradecida; sí, estoy segura».

(¿Pero por qué miras a tu alrededor? Hilda no vendrá a la estación, ni John; y Moggridge está conduciendo en las afueras de Eastbourne).

«Esperaré junto a mi maleta, señora, es lo más seguro. Dijo que se reuniría conmigo ... ¡Oh, ahí está! Ese es mi hijo».

Así que se van juntos.

Bueno, pero estoy confundida... ¡Seguramente, Minnie, tú lo sabes mejor! Un joven extraño... ¡Detente! Le diré... ¡Minnie!... ¡Señorita Marsh!... Aunque no lo sé. Hay algo extraño en su capa cuando sopla. Oh, pero es falso, es indecente... Miren cómo se inclina él cuando llegan a la puerta. Ella encuentra su billete. ¿Cuál es la broma? Se van, por la carretera, uno al lado del otro... ¡Bueno, mi mundo está acabado! ¿En qué me apoyo? ¿Qué sé yo? Esa no es Minnie. Nunca hubo Moggridge. ¿Quién soy yo? La vida está desnuda como un hueso.

Y, sin embargo, la última mirada de ellos... él bajando del bordillo y ella siguiéndolo por el costado del gran edificio me llena de asombro... me inunda de nuevo. ¡Figuras misteriosas! Madre e hijo. ¿Quiénes son? ¿Por qué caminan por la calle? ¿Dónde dormirán esta noche, y luego, mañana? ¡Oh, cómo se arremolina y surge... me hace flotar de nuevo! Empiezo a seguirlos. La gente pasa por aquí y por allá. La luz blanca chisporrotea y se derrama. Ventanas de cristal. Claveles; crisantemos. Hiedra en jardines oscuros. Carros de leche en la puerta. Dondequiera que vaya, figuras misteriosas, los veo, doblando la esquina, madres e hijos; ustedes, ustedes, ustedes. Me apresuro, los sigo. Esto, imagino, debe ser el mar. Gris es el paisaje; tenue como la ceniza; el agua murmura y se mueve. Si caigo de rodillas, si sigo el ritual, las antiguas payasadas, son ustedes, figuras desconocidas, a quienes adoro; si abro los brazos, son ustedes a quienes abrazo, a quienes atraigo hacia mí... ¡mundo adorable!

THE STRING QUARTET

Well, here we are, and if you cast your eye over the room you will see that Tubes and trams and omnibuses, private carriages not a few, even, I venture to believe, landaus with bays in them, have been busy at it, weaving threads from one end of London to the other. Yet I begin to have my doubts—

If indeed it's true, as they're saying, that Regent Street is up, and the Treaty signed, and the weather not cold for the time of year, and even at that rent not a flat to be had, and the worst of influenza its after effects; if I bethink me of having forgotten to write about the leak in the larder, and left my glove in the train; if the ties of blood require me, leaning forward, to accept cordially the hand which is perhaps offered hesitatingly—

«Seven years since we met!»

«The last time in Venice.»

«And where are you living now?»

«Well, the late afternoon suits me the best, though, if it weren't asking too much——»

«But I knew you at once!»

«Still, the war made a break——»

If the mind's shot through by such little arrows, and—for human society compels it—no sooner is one launched than another presses forward; if this engenders heat and in addition they've turned on the electric light; if saying one thing does, in so many cases, leave behind it a need to improve and revise, stirring besides regrets, pleasures, vanities, and desires—if it's all the facts I mean, and the hats, the fur boas, the gentlemen's swallow-tail coats, and pearl tie-pins that come to the surface—what chance is there?

Of what? It becomes every minute more difficult to say why, in spite of everything, I sit here believing I can't now say what, or even

EL CUARTETO DE CUERDAS

Pues bien, aquí estamos, y si echas un vistazo a la sala verás que los subterráneos y los tranvías y los omnibuses, no pocos vehículos privados, e incluso, me aventuro a creer, los landaus han estado ocupados en ello, tejiendo hilos de un extremo a otro de Londres. Sin embargo, empiezo a tener mis dudas...

Si es cierto, como dicen, que Regent Street está abierto, y el Tratado firmado, y el tiempo no es frío para la época del año, e incluso con ese alquiler no hay un piso disponible, y lo peor de la gripe son sus efectos posteriores; si pienso que me olvidé de escribir sobre la gotera en la despensa, y dejé mi guante en el tren; si los lazos de sangre me exigen, inclinándome hacia adelante, aceptar cordialmente la mano que tal vez se ofrece vacilante...

«¡Siete años desde que nos conocimos!».

«La última vez en Venecia».

«¿Y dónde vives ahora?».

«Bueno, sin embargo, más bien tarde por la tarde es cuando más me conviene, si no fuera mucho pedir...».

«¡Pero si te reconocí enseguida!».

«Aun así, la guerra detuvo todo...».

Si la mente está atravesada por esas flechitas, y... porque la sociedad humana lo obliga... apenas una es lanzada, otra más avanza; si esto engendra calor y además han encendido la luz eléctrica; si decir una cosa deja tras de sí, en tantos casos, la necesidad de mejorar y revisar, suscitando además arrepentimientos, placeres, vanidades y deseos... si son los hechos a los que me refiero, y los sombreros, las boas de piel, los abrigos con cola de golondrina de los caballeros y los alfileres de corbata de perlas los que salen a la superficie... ¿qué posibilidad hay?

¿De qué? Cada minuto es más difícil decir por qué, a pesar de todo, me siento aquí creyendo que ahora no puedo decir qué, o incluso recordar

remember the last time it happened.

«Did you see the procession?»

«The King looked cold.»

«No, no, no. But what was it?»

«She's bought a house at Malmesbury.»

«How lucky to find one!»

On the contrary, it seems to me pretty sure that she, whoever she may be, is damned, since it's all a matter of flats and hats and sea gulls, or so it seems to be for a hundred people sitting here well dressed, walled in, furred, replete. Not that I can boast, since I too sit passive on a gilt chair, only turning the earth above a buried memory, as we all do, for there are signs, if I'm not mistaken, that we're all recalling something, furtively seeking something. Why fidget? Why so anxious about the sit of cloaks; and gloves—whether to button or unbutton? Then watch that elderly face against the dark canvas, a moment ago urbane and flushed; now taciturn and sad, as if in shadow. Was it the sound of the second violin tuning in the ante-room? Here they come; four black figures, carrying instruments, and seat themselves facing the white squares under the downpour of light; rest the tips of their bows on the music stand; with a simultaneous movement lift them; lightly poise them, and, looking across at the player opposite, the first violin counts one, two, three——

Flourish, spring, burgeon, burst! The pear tree on the top of the mountain. Fountains jet; drops descend. But the waters of the Rhone flow swift and deep, race under the arches, and sweep the trailing water leaves, washing shadows over the silver fish, the spotted fish rushed down by the swift waters, now swept into an eddy where—it's difficult this—conglomeration of fish all in a pool; leaping, splashing, scraping sharp fins; and such a boil of current that the yellow pebbles are churned round and round, round and round—free now, rushing downwards, or even somehow ascending in exquisite spirals into the air; curled like thin shavings from under a plane; up and up... How

la última vez que sucedió.

«¿Viste la procesión?».

«El Rey parecía un poco frío».

«No, no, no. ¿Pero qué fue?».

«Ha comprado una casa en Malmesbury».

«¡Qué suerte de encontrar una!».

Por el contrario, me parece bastante seguro que ella, sea quien sea, está condenada, ya que todo es cuestión de bemoles y sombreros y gaviotas, o así parece ser para un centenar de personas sentadas aquí bien vestidas, amuralladas, peludas, repletas. No es que pueda presumir, ya que yo también me siento pasiva en una silla dorada, sólo removiendo la tierra por encima de un recuerdo enterrado, como hacemos todos, pues hay indicios, si no me equivoco, de que todos estamos recordando algo, buscando furtivamente algo. ¿Por qué inquietarse? ¿Por qué tanta inquietud por el lugar de las capas; y los guantes... si abrocharse o desabrocharse? Entonces, observa ese rostro anciano contra el lienzo oscuro, hace un momento urbano y sonrojado; ahora taciturno y triste, como en la sombra. ¿Fue eso el sonido del segundo violín afinando en la antesala? Aquí vienen; cuatro figuras negras, portando instrumentos, y se sientan frente a los cuadros blancos bajo el chorro de luz; apoyan las puntas de sus arcos en el atril; con un movimiento simultáneo los levantan; los colocan ligeramente, y, mirando al músico de enfrente, el primer violín cuenta uno, dos, tres...

¡Florezca, brote, prospere, estalle! El peral en la cima de la montaña. Las fuentes brotan; las gotas descienden. Pero las aguas del Ródano fluyen rápidas y profundas, corren por debajo de los arcos, y barren las hojas de agua que se arrastran, lavando las sombras sobre los peces plateados, los peces manchados llevados por las aguas rápidas, ahora arrastrados a un remolino donde... es difícil esto... conglomerado de peces, todos en un charco; saltando, chapoteando, raspando aletas afiladas; y tal hervor de corriente que los guijarros amarillos giran dando vueltas, vueltas y vueltas... libres ahora, precipitándose hacia abajo, o incluso ascendiendo de algún modo en exquisitas espirales en el aire;

lovely goodness is in those who, stepping lightly, go smiling through the world! Also in jolly old fishwives, squatted under arches, obscene old women, how deeply they laugh and shake and rollick, when they walk, from side to side, hum, hah!

«That's an early Mozart, of course——»

«But the tune, like all his tunes, makes one despair—I mean hope. What do I mean? That's the worst of music! I want to dance, laugh, eat pink cakes, yellow cakes, drink thin, sharp wine. Or an indecent story, now—I could relish that. The older one grows the more one likes indecency. Hah, hah! I'm laughing. What at? You said nothing, nor did the old gentleman opposite... But suppose—suppose—Hush!»

The melancholy river bears us on. When the moon comes through the trailing willow boughs, I see your face, I hear your voice and the bird singing as we pass the osier bed. What are you whispering? Sorrow, sorrow. Joy, joy. Woven together, like reeds in moonlight. Woven together, inextricably commingled, bound in pain and strewn in sorrow—crash!

The boat sinks. Rising, the figures ascend, but now leaf thin, tapering to a dusky wraith, which, fiery tipped, draws its twofold passion from my heart. For me it sings, unseals my sorrow, thaws compassion, floods with love the sunless world, nor, ceasing, abates its tenderness but deftly, subtly, weaves in and out until in this pattern, this consummation, the cleft ones unify; soar, sob, sink to rest, sorrow and joy.

Why then grieve? Ask what? Remain unsatisfied? I say all's been settled; yes; laid to rest under a coverlet of rose leaves, falling. Falling. Ah, but they cease. One rose leaf, falling from an enormous height, like a little parachute dropped from an invisible balloon, turns, flutters waveringly. It won't reach us.

enroscados como finas virutas de debajo de un avión; arriba y arriba...
¡Qué bonita es la bondad en aquellos que, pisando ligeramente, van son-
riendo por el mundo! También en las alegres y viejas mujeres de pesca-
dores, acuclilladas bajo los arcos, viejas obscenas, ¡qué profundamente
se ríen y se agitan y se retuercen, cuando caminan, de lado a lado, hum,
hah!

«Es un Mozart temprano, por supuesto...».

«Pero la melodía, como todas sus melodías, hace que una se desespe-
re... quiero decir que tenga esperanza. ¿Qué quiero decir? ¡Eso es lo peor
de la música! Quiero bailar, reír, comer pasteles rosas, amarillos, beber
vino fino y punzante. O una historia indecente, ahora... podría saborear
eso. Cuanto más crece una, más le gusta la indecencia. ¡Ja, ja! Me estoy
riendo. ¿De qué? Tú no has dicho nada, ni el viejo caballero de enfrente... Pero supongamos... supongamos... ¡Silencio!».

El río melancólico nos lleva. Cuando la luna atraviesa las ramas de los
sauces, veo tu rostro, oigo tu voz y el canto de los pájaros cuando pasa-
mos por el lecho de mimbre. ¿Qué susurras? Dolor, dolor. Alegría, alegría. Entrelazados, como juncos a la luz de la luna. Tejidos juntos, inex-
tricablemente mezclados, atados en el dolor y esparcidos en la pena...
¡Choca!

El barco se hunde. Subiendo, las figuras ascienden, pero ahora la hoja
se adelgaza, se afina hasta convertirse en un espectro oscuro, que, con
punta de fuego, extrae su doble pasión de mi corazón. Para mí canta,
desvela mi dolor, descongela la compasión, inunda de amor el mundo
sin sol, y tampoco, cesando, abate su ternura, sino que hábilmente, su-
tilmente, se entreteje hasta que en este patrón, en esta consumación,
las hendiduras se unifican; se elevan, sollozan, se hunden para descansar, pena y alegría.

¿Por qué, entonces, lamentarse? ¿Pedir qué? ¿Permanecer insatisfe-
cha? Yo digo que todo se ha resuelto; sí; se ha puesto a descansar bajo
un cobertor de hojas de rosa, cayendo. Cayendo. Ah, pero dejan de caer.
Una hoja de rosa, cayendo desde una enorme altura, como un pequeño
paracaídas lanzado desde un globo invisible, gira, revolotea vacilante.
No nos alcanzará.

«No, no. I noticed nothing. That's the worst of music—these silly dreams. The second violin was late, you say?»

«There's old Mrs. Munro, feeling her way out—blinder each year, poor woman—on this slippery floor.»

Eyeless old age, grey-headed Sphinx... There she stands on the pavement, beckoning, so sternly, the red omnibus.

«How lovely! How well they play! How—how—how!»

The tongue is but a clapper. Simplicity itself. The feathers in the hat next me are bright and pleasing as a child's rattle. The leaf on the plane-tree flashes green through the chink in the curtain. Very strange, very exciting.

«How—how—how!» Hush!

These are the lovers on the grass.

«If, madam, you will take my hand——»

«Sir, I would trust you with my heart. Moreover, we have left our bodies in the banqueting hall. Those on the turf are the shadows of our souls.»

«Then these are the embraces of our souls.» The lemons nod assent. The swan pushes from the bank and floats dreaming into mid stream.

«But to return. He followed me down the corridor, and, as we turned the corner, trod on the lace of my petticoat. What could I do but cry 'Ah!' and stop to finger it? At which he drew his sword, made passes as if he were stabbing something to death, and cried, 'Mad! Mad! Mad!' Whereupon I screamed, and the Prince, who was writing in the large vellum book in the oriel window, came out in his velvet skull-cap and furred slippers, snatched a rapier from the wall—the King of Spain's gift, you know—on which I escaped, flinging on this cloak to hide the ravages to my skirt—to hide... But listen! the horns!»

«No, no. No he notado nada. Eso es lo peor de la música... estos sueños tontos. ¿Dices que el segundo violín entró tarde?».

«Ahí está la vieja señora Munro, tanteando su salida... más ciega cada año, pobre mujer... en este suelo resbaladizo».

Vejez sin ojos, Esfinge de cabeza gris... Allí está ella en la acera, haciendo señas, tan severamente, al ómnibus rojo.

«¡Qué bonito! ¡Qué bien tocan! ¡Qué... qué... qué!».

La lengua no es más que un badajo. La simplicidad misma. Las plumas del sombrero que está a mi lado son brillantes y agradables como el sonajero de un niño. La hoja del plátano parpadea, verde a través de la rendija de la cortina. Muy extraño, muy emocionante.

«¡Cómo... cómo... cómo!». ¡Silencio!

Éstos son los amantes en la hierba.

«Si, señora, tome mi mano...».

«Señor, le confiaría mi corazón. Además, hemos dejado nuestros cuerpos en la sala de banquetes. Aquéllos que están en el césped son las sombras de nuestras almas».

«Entonces éstos son los abrazos de nuestras almas». Los limones asienten. El cisne se aparta de la orilla y flota, soñando en medio de la corriente.

«Pero, para volver. Me siguió por el pasillo y, al doblar la esquina, pisó el encaje de mis enaguas. ¿Qué podía hacer sino gritar "¡ah!" y detenerme para tocarlo? En ese momento sacó su espada, hizo pases como si estuviera apuñalando algo hasta la muerte, y gritó "¡loca! ¡loca! ¡loca!". Entonces yo grité, y el Príncipe, que estaba escribiendo en el gran libro de vitela de la ventana mirador, salió con su gorro de terciopelo y sus zapatillas de piel, y cogió un estoque de la pared... el regalo del Rey de España, ya lo sabes... con lo que me escapé, echándome esta capa para ocultar los estragos en mi falda... para ocultar... Pero, ¡escucha! ¡los cuernos!».

The gentleman replies so fast to the lady, and she runs up the scale with such witty exchange of compliment now culminating in a sob of passion, that the words are indistinguishable though the meaning is plain enough—love, laughter, flight, pursuit, celestial bliss—all floated out on the gayest ripple of tender endearment—until the sound of the silver horns, at first far distant, gradually sounds more and more distinctly, as if seneschals were saluting the dawn or proclaiming ominously the escape of the lovers... The green garden, moonlit pool, lemons, lovers, and fish are all dissolved in the opal sky, across which, as the horns are joined by trumpets and supported by clarions there rise white arches firmly planted on marble pillars... Tramp and trumpeting. Clang and clangour. Firm establishment. Fast foundations. March of myriads. Confusion and chaos trod to earth. But this city to which we travel has neither stone nor marble; hangs enduring; stands unshakable; nor does a face, nor does a flag greet or welcome. Leave then to perish your hope; droop in the desert my joy; naked advance. Bare are the pillars; auspicious to none; casting no shade; resplendent; severe. Back then I fall, eager no more, desiring only to go, find the street, mark the buildings, greet the applewoman, say to the maid who opens the door: A starry night.

«Good night, good night. You go this way?»

«Alas. I go that.»

El caballero responde tan rápidamente a la dama, y ella sube la escala con un intercambio de piropos tan ingenioso que ahora culmina en un sollozo de pasión, que las palabras son indistinguibles aunque el significado es bastante claro... amor, risa, vuelo, persecución, dicha celestial... todo flota en la onda más alegre del tierno cariño... hasta que el sonido de los cuernos de plata, al principio lejano, suena gradualmente más y más claramente, como si los senescales saludaran al amanecer o proclamaran ominosamente la huida de los amantes... El jardín verde, el estanque iluminado por la luna, los limones, los amantes y los peces se disuelven en el cielo opalino, a través del cual, mientras los cuernos se unen a las trompetas y se apoyan en los clarines se elevan arcos blancos firmemente plantados sobre pilares de mármol... Trampa y trompeta. Tañido y clangor. Establecimiento firme. Rápidos cimientos. Marcha de miríadas. Confusión y caos pisaron la tierra. Pero esta ciudad a la que viajamos no tiene ni piedra ni mármol; cuelga perdurable; se mantiene inconmovible; ni un rostro, ni una bandera saludan o dan la bienvenida. Deja, pues, que perezca tu esperanza; que caiga en el desierto mi alegría; avanza desnuda. Desnudos están los pilares; no son auspiciosos para nadie; no dan sombra; resplandecientes; severos. Atrás entonces caigo, sin ansias, deseando sólo ir, encontrar la calle, marcar los edificios, saludar a la mujer que vende manzanas, decir a la doncella que abre la puerta: una noche estrellada.

«Buenas noches, buenas noches. ¿Va por aquí?».

«No, por desgracia. Voy por allá».

BLUE & GREEN

GREEN

The pointed fingers of glass hang downwards. The light slides down the glass, and drops a pool of green. All day long the ten fingers of the lustre drop green upon the marble. The feathers of parakeets—their harsh cries—sharp blades of palm trees—green, too; green needles glittering in the sun. But the hard glass drips on to the marble; the pools hover above the dessert sand; the camels lurch through them; the pools settle on the marble; rushes edge them; weeds clog them; here and there a white blossom; the frog flops over; at night the stars are set there unbroken. Evening comes, and the shadow sweeps the green over the mantelpiece; the ruffled surface of ocean. No ships come; the aimless waves sway beneath the empty sky. It's night; the needles drip blots of blue. The green's out.

BLUE

The snub-nosed monster rises to the surface and spouts through his blunt nostrils two columns of water, which, fiery-white in the centre, spray off into a fringe of blue beads. Strokes of blue line the black tarpaulin of his hide. Slushing the water through mouth and nostrils he sings, heavy with water, and the blue closes over him dowsing the polished pebbles of his eyes. Thrown upon the beach he lies, blunt, obtuse, shedding dry blue scales. Their metallic blue stains the rusty iron on the beach. Blue are the ribs of the wrecked rowing boat. A wave rolls beneath the blue bells. But the cathedral's different, cold, incense laden, faint blue with the veils of madonnas.

AZUL Y VERDE

VERDE

Los dedos puntiagudos del cristal cuelgan hacia abajo. La luz se desliza por el cristal y deja caer un charco de verde. Durante todo el día, los diez dedos del lustre dejan caer el verde sobre el mármol. Las plumas de los periquitos... sus ásperos gritos... las hojas afiladas de las palmeras... también son verdes; agujas verdes que brillan al sol. Pero el cristal duro gotea sobre el mármol; los estanques se ciernen sobre la arena del desierto; los camellos se tambalean a través de ellos; los estanques se asientan sobre el mármol; los juncos los bordean; las malas hierbas los obstruyen; aquí y allá una flor blanca; la rana se revuelve; por la noche las estrellas se posan allí sin interrupción. Llega la tarde, y la sombra barre el verde sobre la chimenea; la superficie erizada del océano. No vienen barcos; las olas sin rumbo se balancean bajo el cielo vacío. Es de noche; las agujas gotean manchas de azul. El verde está fuera.

AZUL

El monstruo de nariz respingona sube a la superficie y expulsa a través de sus contundentes fosas nasales dos columnas de agua que —de color blanco fuego en el centro— se desprenden en una franja de cuentas azules. Las pinceladas azules delinean la lona negra de su piel. Deslizando el agua por la boca y las fosas nasales canta, pesado de agua, y el azul se cierra sobre él secando los guijarros pulidos de sus ojos. Tirado en la playa yace, romo, obtuso, desprendiendo secas escamas azules. Su azul metálico mancha el hierro oxidado de la playa. Azules son las costillas del barco de remos naufragado. Una ola rueda bajo las campanas azules. Pero la catedral es diferente, fría, cargada de incienso, azul tenue con los velos de las madonas.

KEW GARDENS

From the oval-shaped flower-bed there rose perhaps a hundred stalks spreading into heart-shaped or tongue-shaped leaves half way up and unfurling at the tip red or blue or yellow petals marked with spots of colour raised upon the surface; and from the red, blue or yellow gloom of the throat emerged a straight bar, rough with gold dust and slightly clubbed at the end. The petals were voluminous enough to be stirred by the summer breeze, and when they moved, the red, blue and yellow lights passed one over the other, staining an inch of the brown earth beneath with a spot of the most intricate colour. The light fell either upon the smooth, grey back of a pebble, or, the shell of a snail with its brown, circular veins, or falling into a raindrop, it expanded with such intensity of red, blue and yellow the thin walls of water that one expected them to burst and disappear. Instead, the drop was left in a second silver grey once more, and the light now settled upon the flesh of a leaf, revealing the branching thread of fibre beneath the surface, and again it moved on and spread its illumination in the vast green spaces beneath the dome of the heart-shaped and tongue-shaped leaves. Then the breeze stirred rather more briskly overhead and the colour was flashed into the air above, into the eyes of the men and women who walk in Kew Gardens in July.

The figures of these men and women straggled past the flower-bed with a curiously irregular movement not unlike that of the white and blue butterflies who crossed the turf in zig-zag flights from bed to bed. The man was about six inches in front of the woman, strolling carelessly, while she bore on with greater purpose, only turning her head now and then to see that the children were not too far behind. The man kept this distance in front of the woman purposely, though perhaps unconsciously, for he wished to go on with his thoughts.

«Fifteen years ago I came here with Lily,» he thought. «We sat somewhere over there by a lake and I begged her to marry me all through the hot afternoon. How the dragonfly kept circling round us: how clearly I see the dragonfly and her shoe with the square silver buckle at the toe. All the time I spoke I saw her shoe and when it moved impatiently I knew without looking up what she was going to

JARDINES DE KEW

Del parterre ovalado surgieron tal vez un centenar de tallos que se extendían en hojas en forma de corazón o de lengua medio abiertas y que desplegaban en la punta pétalos rojos o azules o amarillos marcados con manchas de color levantadas sobre la superficie; y de la penumbra roja, azul o amarilla de la garganta surgía una barra recta, rugosa con polvo de oro y levemente abultada en el extremo. Los pétalos eran lo suficientemente voluminosos como para ser agitados por la brisa de verano y, cuando se movían, las luces rojas, azules y amarillas pasaban unas sobre otras, tiñendo un centímetro de la tierra marrón que había debajo con una mancha del más intrincado color. La luz caía o bien sobre el liso y gris lomo de un guijarro, o bien sobre la concha de un caracol con sus venas marrones y circulares, o bien, cayendo en una gota de lluvia, expandía con tal intensidad de rojo, azul y amarillo las delgadas paredes de agua que uno esperaba que reventaran y desaparecieran. En cambio, la gota volvió a quedar en un gris plateado por segunda vez, y la luz se posó ahora sobre la carne de una hoja, revelando el hilo ramificado de la fibra bajo la superficie, y de nuevo avanzó y extendió su iluminación en los vastos espacios verdes bajo la cúpula de las hojas en forma de corazón y de lengua. Luego, la brisa se agitó con más fuerza en lo alto y el color se proyectó en el aire, en los ojos de los hombres y mujeres que pasean por los Jardines de Kew en julio.

Las figuras de estos hombres y mujeres pasaban rezagadas por el parterre con un movimiento curiosamente irregular, no muy diferente al de las mariposas blancas y azules que cruzaban el césped en vuelos en zigzag, de lecho en lecho. El hombre iba unas seis pulgadas delante de la mujer, paseando despreocupadamente, mientras ella seguía adelante con mayor propósito, sólo volviendo la cabeza de vez en cuando para ver que los niños no estaban demasiado lejos. El hombre mantenía esta distancia frente a la mujer a propósito, aunque quizás inconscientemente, pues deseaba seguir con sus pensamientos.

«Hace quince años vine aquí con Lily», pensó. «Nos sentamos en algún lugar junto a un lago y le supliqué que se casara conmigo durante toda la calurosa tarde. ¡Cómo la libélula seguía dando vueltas a nuestro alrededor! ¡Cómo veo claramente la libélula y el zapato de ella, con la hebilla cuadrada, de plata en la punta! Todo el tiempo que yo hablaba veía su zapato y cuando éste se movía con impaciencia sabía, sin levan-

say: the whole of her seemed to be in her shoe. And my love, my desire, were in the dragonfly; for some reason I thought that if it settled there, on that leaf, the broad one with the red flower in the middle of it, if the dragonfly settled on the leaf she would say «Yes» at once. But the dragonfly went round and round: it never settled anywhere—of course not, happily not, or I shouldn't be walking here with Eleanor and the children—Tell me, Eleanor. D'you ever think of the past?»

«Why do you ask, Simon?»

«Because I've been thinking of the past. I've been thinking of Lily, the woman I might have married... Well, why are you silent? Do you mind my thinking of the past?»

«Why should I mind, Simon? Doesn't one always think of the past, in a garden with men and women lying under the trees? Aren't they one's past, all that remains of it, those men and women, those ghosts lying under the trees, ... one's happiness, one's reality?»

«For me, a square silver shoe buckle and a dragonfly—»

«For me, a kiss. Imagine six little girls sitting before their easels twenty years ago, down by the side of a lake, painting the water-lilies, the first red water-lilies I'd ever seen. And suddenly a kiss, there on the back of my neck. And my hand shook all the afternoon so that I couldn't paint. I took out my watch and marked the hour when I would allow myself to think of the kiss for five minutes only—it was so precious—the kiss of an old grey-haired woman with a wart on her nose, the mother of all my kisses all my life. Come, Caroline, come, Hubert.»

They walked on past the flower-bed, now walking four abreast, and soon diminished in size among the trees and looked half transparent as the sunlight and shade swam over their backs in large trembling irregular patches.

In the oval flower bed the snail, whose shell had been stained red, blue, and yellow for the space of two minutes or so, now appeared to be moving very slightly in its shell, and next began to labour over the

tar la vista, lo que ella iba a decir: toda ella parecía estar en su zapato. Y mi amor, mi deseo, estaban en la libélula; por alguna razón pensé que si se posaba allí, en aquella hoja, la ancha con la flor roja en el centro, si la libélula se posaba en la hoja ella diría "sí" de inmediato. Pero la libélula daba vueltas y vueltas: nunca se posaba en ningún sitio... Claro que no, felizmente no, o no estaría caminando aquí con Eleanor y los niños... Dime, Eleanor. ¿Alguna vez piensas en el pasado?».

«¿Por qué lo preguntas, Simon?».

«Porque he estado pensando en el pasado. He estado pensando en Lily, la mujer con la que podría haberme casado... Pero bueno, ¿por qué estás callada? ¿Te molesta que piense en el pasado?».

«¿Por qué debería importarme, Simon? ¿No piensa uno siempre en el pasado, en un jardín con hombres y mujeres tumbados bajo los árboles? ¿No son el pasado de uno, todo lo que queda del pasado, esos hombres y mujeres, esos fantasmas que yacen bajo los árboles, ... la felicidad de uno, la realidad de uno?».

«Para mí, una hebilla de zapato cuadrada, de plata, y una libélula...».

«Para mí, un beso. Imagínate a seis niñas sentadas ante sus caballetes hace veinte años, a la orilla de un lago, pintando los nenúfares, los primeros nenúfares rojos que yo había visto. Y de repente un beso, allí en la nuca. Y mi mano tembló toda la tarde y no pude pintar. Saqué mi reloj y marqué la hora en la que me permitiría pensar en el beso sólo durante cinco minutos... era tan precioso... el beso de una vieja canosa con una verruga en la nariz, la madre de todos mis besos de toda la vida. Ven, Caroline, ven, Hubert».

Siguieron caminando más allá del parterre, ahora de a cuatro, y pronto disminuyeron su tamaño entre los árboles y parecían casi transparentes mientras la luz del sol y la sombra nadaban sobre sus espaldas, en grandes manchas irregulares y temblorosas.

En el parterre ovalado, el caracol, cuya concha se había teñido de rojo, azul y amarillo durante unos dos minutos, parecía moverse ahora muy ligeramente en su concha, y a continuación comenzó a trabajar sobre

crumbs of loose earth which broke away and rolled down as it passed over them. It appeared to have a definite goal in front of it, differing in this respect from the singular high stepping angular green insect who attempted to cross in front of it, and waited for a second with its antennæ trembling as if in deliberation, and then stepped off as rapidly and strangely in the opposite direction. Brown cliffs with deep green lakes in the hollows, flat, blade-like trees that waved from root to tip, round boulders of grey stone, vast crumpled surfaces of a thin crackling texture—all these objects lay across the snail's progress between one stalk and another to his goal. Before he had decided whether to circumvent the arched tent of a dead leaf or to breast it there came past the bed the feet of other human beings.

This time they were both men. The younger of the two wore an expression of perhaps unnatural calm; he raised his eyes and fixed them very steadily in front of him while his companion spoke, and directly his companion had done speaking he looked on the ground again and sometimes opened his lips only after a long pause and sometimes did not open them at all. The elder man had a curiously uneven and shaky method of walking, jerking his hand forward and throwing up his head abruptly, rather in the manner of an impatient carriage horse tired of waiting outside a house; but in the man these gestures were irresolute and pointless. He talked almost incessantly; he smiled to himself and again began to talk, as if the smile had been an answer. He was talking about spirits—the spirits of the dead, who, according to him, were even now telling him all sorts of odd things about their experiences in Heaven.

«Heaven was known to the ancients as Thessaly, William, and now, with this war, the spirit matter is rolling between the hills like thunder.» He paused, seemed to listen, smiled, jerked his head and continued:—

«You have a small electric battery and a piece of rubber to insulate the wire—isolate?—insulate?—well, we'll skip the details, no good going into details that wouldn't be understood—and in short the little machine stands in any convenient position by the head of the bed, we will say, on a neat mahogany stand. All arrangements being properly fixed by workmen under my direction, the widow applies her ear and

las migajas de tierra suelta que se desprendían y rodaban, al pasar sobre ellas. Parecía tener un objetivo definido frente a él, diferenciándose en este aspecto del singular insecto verde anguloso de gran altura que intentó cruzar frente a él, y esperó un segundo con sus antenas temblando como si estuviera deliberando, y luego se alejó tan rápida y extrañamente en la dirección opuesta. Acantilados marrones con profundos lagos verdes en las hondonadas, árboles planos con forma de hoja que se agitaban desde la raíz hasta la punta, rocas redondas, hechas de piedra gris, vastas superficies arrugadas de una fina textura crepitante... todos estos objetos se interponían en el avance del caracol, entre un tallo y otro, hacia su meta. Antes de que se decidiera a sortear la tienda arqueada de una hoja muerta o a pecharla, pasaron por delante del lecho los pies de otros seres humanos.

Esta vez los dos eran hombres. El más joven de los dos tenía una expresión de calma quizá antinatural; levantaba los ojos y los fijaba muy firmemente frente a él mientras su compañero hablaba, y en cuanto éste terminaba de hablar volvía a mirar al suelo y a veces sólo abría los labios tras una larga pausa y a veces no los abría en absoluto. El anciano tenía una forma de caminar curiosamente desigual y temblorosa, sacudiendo la mano hacia delante y levantando la cabeza bruscamente, más bien a la manera de un impaciente caballo de carruaje cansado de esperar fuera de una casa; pero en él estos gestos eran irresolutos y carecían de sentido. Hablaba casi sin cesar; sonreía para sí mismo y volvía a hablar, como si la sonrisa hubiera sido una respuesta. Hablaba de espíritus... de los espíritus de los muertos, que, según él, incluso ahora le estaban contando todo tipo de cosas extrañas sobre sus experiencias en el Cielo.

«El cielo era conocido por los antiguos como Tesalia, William, y ahora, con esta guerra, la materia espiritual está rodando entre las colinas como un trueno». Hizo una pausa, pareció escuchar, sonrió, sacudió la cabeza y continuó...

«Tiene una pequeña batería eléctrica y un trozo de goma para aislar el cable... ¿aislar?... ¿insular?... bueno, nos saltaremos los detalles, no es bueno entrar en detalles que no se entenderían... y en resumen la maquinita se coloca en cualquier posición conveniente junto a la cabecera de la cama, digamos, en un pulcro soporte de caoba. Una vez que todos los preparativos han sido debidamente arreglados por obreros bajo

summons the spirit by sign as agreed. Women! Widows! Women in black——»

Here he seemed to have caught sight of a woman's dress in the distance, which in the shade looked a purple black. He took off his hat, placed his hand upon his heart, and hurried towards her muttering and gesticulating feverishly. But William caught him by the sleeve and touched a flower with the tip of his walking-stick in order to divert the old man's attention. After looking at it for a moment in some confusion the old man bent his ear to it and seemed to answer a voice speaking from it, for he began talking about the forests of Uruguay which he had visited hundreds of years ago in company with the most beautiful young woman in Europe. He could be heard murmuring about forests of Uruguay blanketed with the wax petals of tropical roses, nightingales, sea beaches, mermaids, and women drowned at sea, as he suffered himself to be moved on by William, upon whose face the look of stoical patience grew slowly deeper and deeper.

Following his steps so closely as to be slightly puzzled by his gestures came two elderly women of the lower middle class, one stout and ponderous, the other rosy cheeked and nimble. Like most people of their station they were frankly fascinated by any signs of eccentricity betokening a disordered brain, especially in the well-to-do; but they were too far off to be certain whether the gestures were merely eccentric or genuinely mad. After they had scrutinised the old man's back in silence for a moment and given each other a queer, sly look, they went on energetically piecing together their very complicated dialogue:

«Nell, Bert, Lot, Cess, Phil, Pa, he says, I says, she says, I says, I says, I says——»

«My Bert, Sis, Bill, Grandad, the old man, sugar,

Sugar, flour, kippers, greens,

Sugar, sugar, sugar.»

mi dirección, la viuda aplica su oído y convoca al espíritu por medio de una señal, tal como se había convenido. ¡Mujeres! ¡Viudas! ¡Mujeres de luto...!».

Aquí le pareció divisar a lo lejos un vestido de mujer, que en la sombra parecía de un negro púrpura. Se quitó el sombrero, se puso la mano en el corazón y se precipitó hacia ella murmurando y gesticulando febrilmente. Pero William le cogió por la manga y tocó una flor con la punta de su bastón para desviar la atención del anciano. Después de mirarla por un momento con cierta confusión, el anciano inclinó el oído hacia la flor y pareció responder a una voz que hablaba desde ella, pues comenzó a hablar de los bosques de Uruguay que había visitado cientos de años atrás en compañía de la joven más bella de Europa. Se le oía murmurar sobre los bosques de Uruguay cubiertos con los pétalos de cera de las rosas tropicales, los ruiseñores, las playas marinas, las sirenas y las mujeres ahogadas en el mar, mientras se dejaba llevar por William, en cuyo rostro la mirada de paciencia estoica se hacía cada vez más profunda.

Siguiendo sus pasos muy de cerca, como para quedar ligeramente desconcertadas por sus gestos, llegaron dos ancianas de clase media baja, una corpulenta y pesada, la otra de mejillas sonrosadas y ágil. Como la mayoría de la gente de su posición, estaban francamente fascinadas por cualquier signo de excentricidad que delatara un cerebro desordenado, especialmente en la gente acomodada; pero estaban demasiado lejos como para estar seguras de si los gestos eran meramente excéntricos o genuinamente locos. Después de escudriñar la espalda del anciano en silencio durante un momento y de mirarse mutuamente de forma extraña y maliciosa, prosiguieron con energía su complicadísimo diálogo:

«Nell, Bert, Lot, Cess, Phil, Pa, él dice, yo digo, ella dice, yo digo, yo digo, yo digo...».

«Mi Bert, Sis, Bill, el abuelo, el viejo, el azúcar,

Azúcar, harina, arenques, verduras,

Azúcar, azúcar, azúcar».

The ponderous woman looked through the pattern of falling words at the flowers standing cool, firm, and upright in the earth, with a curious expression. She saw them as a sleeper waking from a heavy sleep sees a brass candlestick reflecting the light in an unfamiliar way, and closes his eyes and opens them, and seeing the brass candlestick again, finally starts broad awake and stares at the candlestick with all his powers. So the heavy woman came to a standstill opposite the oval-shaped flower bed, and ceased even to pretend to listen to what the other woman was saying. She stood there letting the words fall over her, swaying the top part of her body slowly backwards and forwards, looking at the flowers. Then she suggested that they should find a seat and have their tea.

The snail had now considered every possible method of reaching his goal without going round the dead leaf or climbing over it. Let alone the effort needed for climbing a leaf, he was doubtful whether the thin texture which vibrated with such an alarming crackle when touched even by the tip of his horns would bear his weight; and this determined him finally to creep beneath it, for there was a point where the leaf curved high enough from the ground to admit him. He had just inserted his head in the opening and was taking stock of the high brown roof and was getting used to the cool brown light when two other people came past outside on the turf. This time they were both young, a young man and a young woman. They were both in the prime of youth, or even in that season which precedes the prime of youth, the season before the smooth pink folds of the flower have burst their gummy case, when the wings of the butterfly, though fully grown, are motionless in the sun.

«Lucky it isn't Friday,» he observed.

«Why? D'you believe in luck?»

«They make you pay sixpence on Friday.»

«What's sixpence anyway? Isn't it worth sixpence?»

«What's 'it'—what do you mean by 'it'?»

«O, anything—I mean—you know what I mean.»

La pesada mujer miró a través del entramado de palabras que caían sobre las flores —que se mantenían frescas, firmes y erguidas en la tierra— con una expresión curiosa. Ella las vio como un durmiente que se despierta de un sueño pesado, ve un candelabro de bronce que refleja la luz de una manera desconocida, y cierra los ojos y los abre, y al ver el candelabro de bronce de nuevo, finalmente comienza a despertarse por completo y mira el candelabro con plena consciencia. Así que la pesada mujer se detuvo frente al parterre ovalado y dejó incluso de fingir que escuchaba lo que la otra mujer decía. Se quedó de pie, dejando que las palabras cayeran sobre ella, balanceando la parte superior de su cuerpo lentamente hacia delante y hacia atrás, mirando las flores. Luego sugirió que buscaran un asiento y tomaran el té.

El caracol había considerado ahora todos los métodos posibles para alcanzar su objetivo sin rodear la hoja muerta ni trepar por ella. Más allá del esfuerzo necesario para trepar por una hoja, dudaba de que la delgada textura que vibraba con un crujido tan alarmante al ser tocada incluso por la punta de sus cuernos soportara su peso; y esto le determinó finalmente a arrastrarse por debajo de ella, pues había un punto en el que la hoja se curvaba lo suficientemente alto del suelo como para permitirle el paso. Acababa de introducir la cabeza en esta abertura y estaba observando el alto techo marrón y acostumbrándose a la fresca luz marrón cuando otras dos personas pasaron por el césped. Esta vez eran jóvenes, un hombre y una mujer jóvenes. Ambos estaban en la flor de la juventud, o incluso en ese estadio que precede a la flor de la juventud, el estadio antes de que los suaves pliegues rosados de la flor hayan reventado su funda gomosa, cuando las alas de la mariposa, aunque completamente crecidas, se encuentran inmóviles al sol.

«Suerte que no es viernes», observó él.

«¿Por qué? ¿Crees en la suerte?».

«Te hacen pagar seis peniques los viernes».

«¿Qué son seis peniques? ¿No vale esto seis peniques?».

«¿Qué es "esto"... qué quieres decir con "esto"?».

«Oh, cualquier cosa... quiero decir... ya sabes lo que quiero decir».

Long pauses came between each of these remarks; they were utte-red in toneless and monotonous voices. The couple stood still on the edge of the flower bed, and together pressed the end of her parasol deep down into the soft earth. The action and the fact that his hand rested on the top of hers expressed their feelings in a strange way, as these short insignificant words also expressed something, words with short wings for their heavy body of meaning, inadequate to carry them far and thus alighting awkwardly upon the very common objects that surrounded them, and were to their inexperienced touch so massive; but who knows (so they thought as they pressed the para-sol into the earth) what precipices aren't concealed in them, or what slopes of ice don't shine in the sun on the other side? Who knows? Who has ever seen this before? Even when she wondered what sort of tea they gave you at Kew, he felt that something loomed up behind her words, and stood vast and solid behind them; and the mist very slowly rose and uncovered—O, Heavens, what were those shapes?—little white tables, and waitresses who looked first at her and then at him; and there was a bill that he would pay with a real two shilling piece, and it was real, all real, he assured himself, fingering the coin in his pocket, real to everyone except to him and to her; even to him it began to seem real; and then—but it was too exciting to stand and think any longer, and he pulled the parasol out of the earth with a jerk and was impatient to find the place where one had tea with other people, like other people.

«Come along, Trissie; it's time we had our tea.»

«Wherever *does* one have one's tea?» she asked with the oddest thrill of excitement in her voice, looking vaguely round and letting herself be drawn on down the grass path, trailing her parasol, tur-ning her head this way and that way, forgetting her tea, wishing to go down there and then down there, remembering orchids and cranes among wild flowers, a Chinese pagoda and a crimson crested bird; but he bore her on.

Thus one couple after another with much the same irregular and aimless movement passed the flower-bed and were enveloped in layer after layer of green blue vapour, in which at first their bodies had substance and a dash of colour, but later both substance and colour dissolved in the green-blue atmosphere. How hot it was! So

Entre cada uno de estos comentarios se producían largas pausas; fueron pronunciados con voces monótonas y sin tono. La pareja se quedó quieta al borde del parterre, y juntos presionaron el extremo de la sombrilla de ella en la suave tierra. La acción y el hecho de que la mano de él se apoyara en la parte superior de la de ella expresaban sus sentimientos de una manera extraña, como también expresaban algo esas cortas e insignificantes palabras, palabras con alas cortas para su pesado cuerpo de significado, inadecuadas para llevarlas lejos y que, por tanto, se posaban torpemente sobre los objetos tan comunes que los rodeaban y que eran para su inexperto tacto tan macizos; pero ¿quién sabe (así lo pensaron mientras presionaban la sombrilla contra la tierra) qué precipicios no se esconden en ellos, o qué laderas de hielo no brillan al sol del otro lado? ¿Quién lo sabe? ¿Quién ha visto esto antes? Incluso cuando ella se preguntaba qué clase de té te daban en Kew, él sintió que algo se cernía detrás de sus palabras, y se erigía vasto y sólido tras ellas; y la niebla se elevaba muy lentamente y se descubría... Oh, cielos, ¿qué eran esas formas?... mesitas blancas, y camareras que la miraban primero a ella y luego a él; y había una cuenta que él pagaría con una real moneda de dos chelines, y era real, toda real, se aseguraba a sí mismo, tocando la moneda en su bolsillo, real para todos menos para él y para ella; incluso para él empezaba a parecer real; y entonces... pero todo era demasiado emocionante como para quedarse parado y pensar más tiempo, y sacó la sombrilla de la tierra de un tirón y se impacientó para encontrar el lugar donde se tomaba el té con otras personas, como otras personas.

«Ven, Trissie; es hora de que tomemos el té».

«¿Dónde *toma* uno el té?», preguntó ella con una extraña emoción en la voz, mirando vagamente a su alrededor y dejándose arrastrar por el sendero de hierba, arrastrando su sombrilla, girando la cabeza hacia un lado y otro, olvidando su té, deseando bajar por allí y luego por allí, recordando orquídeas y grullas entre flores silvestres, una pagoda china y un pájaro de cresta carmesí; pero él la llevó hacia delante.

Así, una pareja tras otra, con el mismo movimiento irregular y sin rumbo, pasó por el parterre y se vio envuelta en una capa tras otra de vapor verde azulado, en el que al principio sus cuerpos tenían sustancia y una pizca de color, pero después tanto la sustancia como el color se disolvieron en la atmósfera verde azulada. ¡Qué calor hacía! Tanto calor

hot that even the thrush chose to hop, like a mechanical bird, in the shadow of the flowers, with long pauses between one movement and the next; instead of rambling vaguely the white butterflies danced one above another, making with their white shifting flakes the outline of a shattered marble column above the tallest flowers; the glass roofs of the palm house shone as if a whole market full of shiny green umbrellas had opened in the sun; and in the drone of the aeroplane the voice of the summer sky murmured its fierce soul. Yellow and black, pink and snow white, shapes of all these colours, men, women, and children were spotted for a second upon the horizon, and then, seeing the breadth of yellow that lay upon the grass, they wavered and sought shade beneath the trees, dissolving like drops of water in the yellow and green atmosphere, staining it faintly with red and blue. It seemed as if all gross and heavy bodies had sunk down in the heat motionless and lay huddled upon the ground, but their voices went wavering from them as if they were flames lolling from the thick waxen bodies of candles. Voices. Yes, voices. Wordless voices, breaking the silence suddenly with such depth of contentment, such passion of desire, or, in the voices of children, such freshness of surprise; breaking the silence? But there was no silence; all the time the motor omnibuses were turning their wheels and changing their gear; like a vast nest of Chinese boxes all of wrought steel turning ceaselessly one within another the city murmured; on the top of which the voices cried aloud and the petals of myriads of flowers flashed their colours into the air.

que hasta el tordo eligió saltar, como un pájaro mecánico, a la sombra de las flores, con largas pausas entre un movimiento y el siguiente; en lugar de excursionar vagamente, las mariposas blancas danzaban unas sobre otras, marcando, con sus copos blancos y cambiantes, el contorno de una columna de mármol destrozada sobre las flores más altas; los techos de cristal de la casa de las palmeras brillaban como si todo un mercado lleno de brillantes paraguas verdes se hubiera abierto al sol; y en el zumbido del avión la voz del cielo de verano murmuraba su alma feroz. Amarillas y negras, rosadas y blancas como la nieve, formas de todos estos colores, hombres, mujeres y niños se divisaron por un segundo en el horizonte, y luego, al ver la amplitud del amarillo que se extendía sobre la hierba, vacilaron y buscaron la sombra bajo los árboles, disolviéndose como gotas de agua en la atmósfera amarilla y verde, tiñéndola débilmente de rojo y azul. Parecía que todos los cuerpos gruesos y pesados se habían hundido en el calor inmóviles y yacían acurrucados en el suelo, pero sus voces se alejaban de ellos como si fueran llamas que se desprenden de los gruesos cuerpos encerados de las velas. Voces. Sí, voces. Voces sin palabras, rompiendo el silencio de repente con tal profundidad de satisfacción, tal pasión de deseo, o, en las voces de los niños, tal frescura de sorpresa; ¿rompiendo el silencio? Pero no había silencio; todo el tiempo los omnibuses giraban sus ruedas y cambiaban de marcha; como un vasto nido de cajas chinas, todas de acero forjado, girando incesantemente una dentro de otra, la ciudad murmuraba; en la cima de la cual las voces gritaban en voz alta y los pétalos de miríadas de flores destellaban sus colores en el aire.

THE MARK ON THE WALL

Perhaps it was the middle of January in the present year that I first looked up and saw the mark on the wall. In order to fix a date it is necessary to remember what one saw. So now I think of the fire; the steady film of yellow light upon the page of my book; the three chrysanthemums in the round glass bowl on the mantelpiece. Yes, it must have been the winter time, and we had just finished our tea, for I remember that I was smoking a cigarette when I looked up and saw the mark on the wall for the first time. I looked up through the smoke of my cigarette and my eye lodged for a moment upon the burning coals, and that old fancy of the crimson flag flapping from the castle tower came into my mind, and I thought of the cavalcade of red knights riding up the side of the black rock. Rather to my relief the sight of the mark interrupted the fancy, for it is an old fancy, an automatic fancy, made as a child perhaps. The mark was a small round mark, black upon the white wall, about six or seven inches above the mantelpiece.

How readily our thoughts swarm upon a new object, lifting it a little way, as ants carry a blade of straw so feverishly, and then leave it... If that mark was made by a nail, it can't have been for a picture, it must have been for a miniature—the miniature of a lady with white powdered curls, powder-dusted cheeks, and lips like red carnations. A fraud of course, for the people who had this house before us would have chosen pictures in that way—an old picture for an old room. That is the sort of people they were—very interesting people, and I think of them so often, in such queer places, because one will never see them again, never know what happened next. They wanted to leave this house because they wanted to change their style of furniture, so he said, and he was in process of saying that in his opinion art should have ideas behind it when we were torn asunder, as one is torn from the old lady about to pour out tea and the young man about to hit the tennis ball in the back garden of the suburban villa as one rushes past in the train.

But as for that mark, I'm not sure about it; I don't believe it was made by a nail after all; it's too big, too round, for that. I might get up, but if I got up and looked at it, ten to one I shouldn't be able to say for

LA MARCA EN LA PARED

Quizás fue a mediados de enero del presente año cuando levanté la vista por primera vez y vi la marca en la pared. Para fijar una fecha es necesario recordar lo que una vio. Así que ahora pienso en el fuego, en la película constante de luz amarilla sobre la página de mi libro, en los tres crisantemos en el cuenco de cristal redondo sobre la repisa de la chimenea. Sí, debía de ser invierno y acabábamos de terminar el té, porque recuerdo que estaba fumando un cigarrillo cuando levanté la vista y vi por primera vez la marca en la pared. Levanté la vista a través del humo de mi cigarrillo y mis ojos se posaron por un momento en las brasas ardientes, y me vino a la mente aquella vieja fantasía de la bandera carmesí ondeando desde la torre del castillo, y pensé en la cabalgata de caballeros de rojo subiendo por la ladera de la roca negra. Para mi alivio, la visión de la marca interrumpió la fantasía, ya que se trata de una vieja fantasía, una fantasía automática, hecha tal vez de niña. La marca era una pequeña marca redonda, negra sobre la pared blanca, a unos quince o veinte centímetros por encima de la repisa de la chimenea.

Con qué facilidad nuestros pensamientos pululan sobre un nuevo objeto, elevándolo un poco, como las hormigas llevan una brizna de paja tan febrilmente, y luego la dejan... Si esa marca fue hecha por un clavo, no puede haber sido para un cuadro, debe haber sido para una miniatura... la miniatura de una dama con rizos blancos empolvados, mejillas maquilladas y labios como claveles rojos. Un fraude, por supuesto, ya que las personas que tenían esta casa antes que nosotros habrían elegido los cuadros de esa manera... un cuadro antiguo para una habitación antigua. Esa es la clase de gente que era... gente muy interesante, y pienso en ellos tan a menudo, en lugares tan extraños, porque una nunca los volverá a ver, nunca sabrá lo que pasó después. Querían dejar esta casa porque querían cambiar su estilo de mobiliario, así lo dijo él, y estaba en proceso de decir que, en su opinión, el arte debería tener ideas detrás cuando nos separamos, como una se separa de la anciana que está a punto de servir el té y del joven que está a punto de golpear la pelota de tenis en el jardín trasero de la villa suburbana cuando uno pasa velozmente en el tren.

Pero en cuanto a esa marca, no estoy segura; no creo que haya sido hecha por un clavo, después de todo; es demasiado grande, demasiado redonda como para eso. Podría levantarme, pero si me levantara y

certain; because once a thing's done, no one ever knows how it happened. Oh! dear me, the mystery of life; The inaccuracy of thought! The ignorance of humanity! To show how very little control of our possessions we have—what an accidental affair this living is after all our civilization—let me just count over a few of the things lost in one lifetime, beginning, for that seems always the most mysterious of losses—what cat would gnaw, what rat would nibble—three pale blue canisters of book-binding tools? Then there were the bird cages, the iron hoops, the steel skates, the Queen Anne coal-scuttle, the bagatelle board, the hand organ—all gone, and jewels, too. Opals and emeralds, they lie about the roots of turnips. What a scraping paring affair it is to be sure! The wonder is that I've any clothes on my back, that I sit surrounded by solid furniture at this moment. Why, if one wants to compare life to anything, one must liken it to being blown through the Tube at fifty miles an hour—landing at the other end without a single hairpin in one's hair! Shot out at the feet of God entirely naked! Tumbling head over heels in the asphodel meadows like brown paper parcels pitched down a shoot in the post office! With one's hair flying back like the tail of a race-horse. Yes, that seems to express the rapidity of life, the perpetual waste and repair; all so casual, all so haphazard...

But after life. The slow pulling down of thick green stalks so that the cup of the flower, as it turns over, deluges one with purple and red light. Why, after all, should one not be born there as one is born here, helpless, speechless, unable to focus one's eyesight, groping at the roots of the grass, at the toes of the Giants? As for saying which are trees, and which are men and women, or whether there are such things, that one won't be in a condition to do for fifty years or so. There will be nothing but spaces of light and dark, intersected by thick stalks, and rather higher up perhaps, rose-shaped blots of an indistinct colour—dim pinks and blues—which will, as time goes on, become more definite, become—I don't know what...

And yet that mark on the wall is not a hole at all. It may even be caused by some round black substance, such as a small rose leaf, left over from the summer, and I, not being a very vigilant housekeeper—

la mirara, apostaría diez contra uno que no podría asegurar lo que es; porque una vez que una cosa está hecha, nadie sabe nunca cómo sucedió. ¡Oh querido, el misterio de la vida!; ¡la inexactitud del pensamiento! ¡La ignorancia de la humanidad! Para mostrar lo poco que controlamos nuestras posesiones... qué asunto accidental es este vivir después de toda nuestra civilización... permítanme contar algunas de las cosas que se pierden en una vida, empezando, porque eso parece siempre la más misteriosa de las pérdidas... ¿qué gato roería, qué rata mordisquearía... tres cajas azul pálido de herramientas de encuadernación? Luego estaban las jaulas de los pájaros, los aros de hierro, los patines de acero, la carbonera de la Reina Ana, la tabla de bagatelas, el órgano de mano... todo ha desaparecido, y también las joyas. Los ópalos y las esmeraldas, yacen sobre las raíces de los nabos. ¡Es asunto de hurgar, sin duda! Lo maravilloso es que tengo algo de ropa en la espalda, que me siento rodeada de muebles sólidos en este momento. Si se quiere comparar la vida con algo, hay que compararla con el hecho de que te hagan volar por el subterráneo a cincuenta millas por hora... ¡y aterrizar en el otro extremo sin una sola horquilla en el pelo! ¡Salir disparada a los pies de Dios completamente desnuda! Caer de cabeza en las praderas de asfódelos como paquetes de papel marrón arrojados en la oficina de correos. Con el pelo volando hacia atrás como la cola de un caballo de carreras. Sí, eso parece expresar la rapidez de la vida, el perpetuo desperdicio y reparación; todo tan casual, todo tan azaroso...

Pero después de la vida. El lento derribo de los gruesos tallos verdes para que la copa de la flor, al volcarse, lo inundara a una de luz púrpura y roja. ¿Por qué, después de todo, no habría de nacer una allí como nace aquí, indefensa, sin palabras, incapaz de enfocar la vista, tanteando las raíces de la hierba, los dedos de los Gigantes? En cuanto a decir cuáles son los árboles, y cuáles son los hombres y las mujeres, o si existen tales cosas, eso no estará una en condiciones de hacerlo hasta dentro de unos cincuenta años. No habrá más que espacios de luz y oscuridad, entrecruzados por gruesos tallos, y un poco más arriba quizás, manchas en forma de rosa de un color indistinto... rosas y azules tenues... que, con el paso del tiempo, se volverán más definidos, se convertirán en... no sé qué...

Y, sin embargo, esa marca en la pared no es en absoluto un agujero. Incluso puede ser causada por alguna sustancia negra y redonda, como una pequeña hoja de rosa, que haya quedado del verano, y yo, que no soy

look at the dust on the mantelpiece, for example, the dust which, so they say, buried Troy three times over, only fragments of pots utterly refusing annihilation, as one can believe.

The tree outside the window taps very gently on the pane... I want to think quietly, calmly, spaciously, never to be interrupted, never to have to rise from my chair, to slip easily from one thing to another, without any sense of hostility, or obstacle. I want to sink deeper and deeper, away from the surface, with its hard separate facts. To steady myself, let me catch hold of the first idea that passes... Shakespeare... Well, he will do as well as another. A man who sat himself solidly in an arm-chair, and looked into the fire, so—A shower of ideas fell perpetually from some very high Heaven down through his mind. He leant his forehead on his hand, and people, looking in through the open door,—for this scene is supposed to take place on a summer's evening—But how dull this is, this historical fiction! It doesn't interest me at all. I wish I could hit upon a pleasant track of thought, a track indirectly reflecting credit upon myself, for those are the pleasantest thoughts, and very frequent even in the minds of modest mouse-coloured people, who believe genuinely that they dislike to hear their own praises. They are not thoughts directly praising oneself; that is the beauty of them; they are thoughts like this:

«And then I came into the room. They were discussing botany. I said how I'd seen a flower growing on a dust heap on the site of an old house in Kingsway. The seed, I said, must have been sown in the reign of Charles the First. What flowers grew in the reign of Charles the First?» I asked—(but I don't remember the answer). Tall flowers with purple tassels to them perhaps. And so it goes on. All the time I'm dressing up the figure of myself in my own mind, lovingly, stealthily, not openly adoring it, for if I did that, I should catch myself out, and stretch my hand at once for a book in self-protection. Indeed, it is curious how instinctively one protects the image of oneself from idolatry or any other handling that could make it ridiculous, or too unlike the original to be believed in any longer. Or is it not so very curious after all? It is a matter of great importance. Suppose the looking glass smashes, the image disappears, and the romantic figure with the green of forest depths all about it is there no longer,

un ama de casa muy atenta... miren el polvo de la repisa de la chimenea, por ejemplo, el polvo que, según dicen, enterró a Troya tres veces, sólo fragmentos de cerámica que se niegan totalmente a la aniquilación, tal y como una puede creerlo.

El árbol que está fuera de la ventana golpea muy suavemente el cristal... quiero pensar en silencio, con calma, con amplitud, no ser nunca interrumpida, no tener que levantarme de mi silla, deslizarme fácilmente de una cosa a otra, sin ninguna sensación de hostilidad, ni de obstáculo. Quiero hundirme más y más, lejos de la superficie, con sus duros hechos separados. Para estabilizarme, déjenme agarrar la primera idea que pase... Shakespeare... lo hará tan bien como cualquier otra. Un hombre que se sentó sólidamente en un sillón, y miró al fuego, así... Una lluvia de ideas caía perpetuamente desde algún cielo muy alto sobre su mente. Apoyó la frente en la mano, y la gente, mirando a través de la puerta abierta... porque se supone que esta escena tiene lugar en una tarde de verano... ¡Pero qué aburrida es esta ficción histórica! No me interesa en absoluto. Me gustaría poder dar con una pista de pensamiento agradable, una pista que refleje indirectamente el crédito sobre mí misma, porque esos son los pensamientos más agradables, y muy frecuentes incluso en las mentes de las personas modestas de color ratón, que creen sinceramente que no les gusta escuchar elogios sobre sí mismas. No son pensamientos que alaben directamente a una misma; esa es la belleza de ellos; son pensamientos como éste:

«Y entonces entré en la habitación. Estaban discutiendo sobre botánica. Dije que había visto una flor que crecía en un montón de polvo en el sitio de una vieja casa en Kingsway. La semilla, dije, debió ser sembrada en el reinado de Carlos I. ¿Qué flores crecían en el reinado de Carlos I?», pregunté... (pero no recuerdo la respuesta). Flores altas con borlas de color púrpura, tal vez. Y así sucesivamente. Todo el tiempo estoy vistiendo la figura de mí misma en mi propia mente, amorosamente, con sigilo, sin adorarla abiertamente, porque si lo hiciera, me descubriría a mí misma, y extendería mi mano de inmediato para un libro de autoprotección. En efecto, es curioso cómo una protege instintivamente la imagen de sí misma de la idolatría o de cualquier otra manipulación que pudiera hacerla ridícula, o demasiado diferente del original para seguir creyendo en ella. ¿O no es tan curioso después de todo? Es una cuestión de gran importancia. Supongamos que el espejo se rompe, que la imagen desaparece y que la figura romántica con el verde de las

but only that shell of a person which is seen by other people—what an airless, shallow, bald, prominent world it becomes! A world not to be lived in. As we face each other in omnibuses and underground railways we are looking into the mirror; that accounts for the vagueness, the gleam of glassiness, in our eyes. And the novelists in future will realize more and more the importance of these reflections, for of course there is not one reflection but an almost infinite number; those are the depths they will explore, those the phantoms they will pursue, leaving the description of reality more and more out of their stories, taking a knowledge of it for granted, as the Greeks did and Shakespeare perhaps—but these generalizations are very worthless. The military sound of the word is enough. It recalls leading articles, cabinet ministers—a whole class of things indeed which as a child one thought the thing itself, the standard thing, the real thing, from which one could not depart save at the risk of nameless damnation. Generalizations bring back somehow Sunday in London, Sunday afternoon walks, Sunday luncheons, and also ways of speaking of the dead, clothes, and habits—like the habit of sitting all together in one room until a certain hour, although nobody liked it. There was a rule for everything. The rule for tablecloths at that particular period was that they should be made of tapestry with little yellow compartments marked upon them, such as you may see in photographs of the carpets in the corridors of the royal palaces. Tablecloths of a different kind were not real tablecloths. How shocking, and yet how wonderful it was to discover that these real things, Sunday luncheons, Sunday walks, country houses, and tablecloths were not entirely real, were indeed half phantoms, and the damnation which visited the disbeliever in them was only a sense of illegitimate freedom. What now takes the place of those things I wonder, those real standard things? Men perhaps, should you be a woman; the masculine point of view which governs our lives, which sets the standard, which establishes Whitaker's Table of Precedency, which has become, I suppose, since the war half a phantom to many men and women, which soon, one may hope, will be laughed into the dustbin where the phantoms go, the mahogany sideboards and the Landseer prints, Gods and Devils, Hell and so forth, leaving us all with an intoxicating sense of illegitimate freedom—if freedom exists...

profundidades del bosque a su alrededor ya no está ahí, sino sólo esa cáscara de persona que es vista por otras personas... ¡en qué mundo sin aire, superficial, calvo y prominente se convierte! Un mundo en el que no se puede vivir. Cuando nos enfrentamos en los omnibuses y en los ferrocarriles subterráneos, nos miramos en el espejo; eso explica la vaguedad, el brillo de la vidriera, en nuestros ojos. Y los novelistas en el futuro se darán cuenta cada vez más de la importancia de estos reflejos, porque por supuesto no hay un solo reflejo sino un número casi infinito; esas son las profundidades que explorarán, esos los fantasmas que perseguirán, dejando la descripción de la realidad cada vez más fuera de sus historias, dando por sentado un conocimiento de la misma, como hicieron los griegos y Shakespeare tal vez... pero estas generalizaciones son muy poco valiosas. El sonido militar de la palabra es suficiente. Recuerda a los artículos principales, a los ministros del gabinete... a toda una clase de cosas que, de niña, una creía que eran la cosa en sí, la cosa estándar, la cosa real, de la que una no podía apartarse salvo a riesgo de una condenación sin nombre. Las generalizaciones nos traen de alguna manera el domingo en Londres, los paseos del domingo por la tarde, los almuerzos del domingo, y también las formas de hablar de los muertos, la ropa y las costumbres... como la costumbre de sentarse todos juntos en una habitación hasta cierta hora, aunque a nadie le gustaba. Había una regla para todo. La regla para los manteles en esa época era que debían ser de tapiz con pequeños compartimentos amarillos marcados en ellos, como los que se pueden ver en las fotografías de las alfombras de los pasillos en los palacios reales. Los manteles de otro tipo no eran verdaderos manteles. Qué chocante y, sin embargo, qué maravilloso fue descubrir que esas cosas reales, los almuerzos de domingo, los paseos de domingo, las casas de campo y los manteles, no eran del todo reales, eran de hecho medio fantasmales, y la condenación que visitaba al descreído en ellos era sólo una sensación de libertad ilegítima. ¿Qué ocupa ahora el lugar de esas cosas, me pregunto, de esas cosas estándar, reales? El punto de vista masculino que gobierna nuestras vidas, que marca la pauta, que establece la *Tabla de Precedencia* de Whitaker, que se ha convertido, supongo, desde la guerra en una especie de fantasma para muchos hombres y mujeres, que pronto, esperemos, será arrojado al cubo de la basura donde van los fantasmas, los aparadores de caoba y los grabados de Landseer, los Dioses y los Demonios, el Infierno y demás, dejándonos a todos con una embriagadora sensación de libertad ilegítima... si es que la libertad existe...

In certain lights that mark on the wall seems actually to project from the wall. Nor is it entirely circular. I cannot be sure, but it seems to cast a perceptible shadow, suggesting that if I ran my finger down that strip of the wall it would, at a certain point, mount and descend a small tumulus, a smooth tumulus like those barrows on the South Downs which are, they say, either tombs or camps. Of the two I should prefer them to be tombs, desiring melancholy like most English people, and finding it natural at the end of a walk to think of the bones stretched beneath the turf... There must be some book about it. Some antiquary must have dug up those bones and given them a name... What sort of a man is an antiquary, I wonder? Retired Colonels for the most part, I daresay, leading parties of aged labourers to the top here, examining clods of earth and stone, and getting into correspondence with the neighbouring clergy, which, being opened at breakfast time, gives them a feeling of importance, and the comparison of arrow-heads necessitates cross-country journeys to the county towns, an agreeable necessity both to them and to their elderly wives, who wish to make plum jam or to clean out the study, and have every reason for keeping that great question of the camp or the tomb in perpetual suspension, while the Colonel himself feels agreeably philosophic in accumulating evidence on both sides of the question. It is true that he does finally incline to believe in the camp; and, being opposed, indites a pamphlet which he is about to read at the quarterly meeting of the local society when a stroke lays him low, and his last conscious thoughts are not of wife or child, but of the camp and that arrowhead there, which is now in the case at the local museum, together with the foot of a Chinese murderess, a handful of Elizabethan nails, a great many Tudor clay pipes, a piece of Roman pottery, and the wine-glass that Nelson drank out of—proving I really don't know what.

No, no, nothing is proved, nothing is known. And if I were to get up at this very moment and ascertain that the mark on the wall is really—what shall we say?—the head of a gigantic old nail, driven in two hundred years ago, which has now, owing to the patient attrition of many generations of housemaids, revealed its head above the coat of paint, and is taking its first view of modern life in the sight of a white-walled fire-lit room, what should I gain?—Knowledge? Matter for further speculation? I can think sitting still as well as standing up. And what is knowledge? What are our learned men save the descendants

Bajo ciertas luces, esa marca en la pared parece realmente proyectarse desde la pared. Tampoco es totalmente circular. No puedo estar segura, pero parece proyectar una sombra perceptible, lo que sugiere que si pasara mi dedo por esa franja de la pared, en cierto punto subiría y bajaría un pequeño túmulo, un túmulo liso como esos túmulos de los South Downs que son, según dicen, tumbas o campamentos. De los dos preferiría que fueran tumbas, deseando la melancolía como la mayoría de los ingleses, y encontrando natural al final de un paseo pensar en los huesos extendidos bajo el césped... Debe haber algún libro al respecto. Algún anticuario debe haber desenterrado esos huesos y haberles dado un nombre... ¿Qué clase de hombre es un anticuario?, me pregunto. Me atrevo a decir que la mayor parte de los coroneles retirados dirigen grupos de ancianos trabajadores a la cima, examinando terrones de tierra y piedra, y entablando correspondencia con el monasterio vecino, que, al abrirse a la hora del desayuno, les da una sensación de importancia, y la comparación de puntas de flecha hace necesarios los viajes a campo traviesa hacia las ciudades del condado, una necesidad agradable tanto para ellos como para sus ancianas esposas, que desean hacer mermelada de ciruela o limpiar el estudio, y tienen todas las razones para mantener la gran cuestión del campamento o la tumba en perpetua suspensión, mientras el propio coronel se siente agradablemente filosófico al acumular pruebas en ambos lados de la cuestión. Es cierto que finalmente él se inclina por creer en el campamento; y, al oponerse, escribe un panfleto que está a punto de leer en la reunión trimestral de la sociedad local, cuando un ataque lo abate, y sus últimos pensamientos conscientes no son sobre la esposa o el hijo, sino sobre el campamento y esa punta de flecha, que ahora está en la vitrina del museo local, junto con el pie de una asesina china, un puñado de clavos isabelinos, un gran número de pipas de arcilla Tudor, un trozo de cerámica romana, y la copa de vino de la que Nelson bebió... demostrando no sé qué.

No, no, nada está probado, nada se sabe. Y si me levantara en este mismo momento y comprobara que la marca en la pared es realmente... ¿cómo decirlo?... la cabeza de un gigantesco clavo viejo, clavado hace doscientos años, que ahora, debido al paciente desgaste de muchas generaciones de criadas, ha asomado su cabeza por encima de la capa de pintura, y está teniendo su primera visión de la vida moderna a la vista de una habitación de paredes blancas iluminada por el fuego, ¿qué ganaría?... ¿Conocimiento? ¿Materia de especulación? Puedo pensar tanto sentada como de pie. ¿Y qué es el conocimiento? ¿Qué son nuestros eru-

of witches and hermits who crouched in caves and in woods brewing herbs, interrogating shrew-mice and writing down the language of the stars? And the less we honour them as our superstitions dwindle and our respect for beauty and health of mind increases... Yes, one could imagine a very pleasant world. A quiet, spacious world, with the flowers so red and blue in the open fields. A world without professors or specialists or house-keepers with the profiles of policemen, a world which one could slice with one's thought as a fish slices the water with his fin, grazing the stems of the water-lilies, hanging suspended over nests of white sea eggs... How peaceful it is down here, rooted in the centre of the world and gazing up through the grey waters, with their sudden gleams of light, and their reflections—if it were not for Whitaker's Almanack—if it were not for the Table of Precedency!

I must jump up and see for myself what that mark on the wall really is—a nail, a rose-leaf, a crack in the wood?

Here is nature once more at her old game of self-preservation. This train of thought, she perceives, is threatening mere waste of energy, even some collision with reality, for who will ever be able to lift a finger against Whitaker's Table of Precedency? The Archbishop of Canterbury is followed by the Lord High Chancellor; the Lord High Chancellor is followed by the Archbishop of York. Everybody follows somebody, such is the philosophy of Whitaker; and the great thing is to know who follows whom. Whitaker knows, and let that, so Nature counsels, comfort you, instead of enraging you; and if you can't be comforted, if you must shatter this hour of peace, think of the mark on the wall.

I understand Nature's game—her prompting to take action as a way of ending any thought that threatens to excite or to pain. Hence, I suppose, comes our slight contempt for men of action—men, we assume, who don't think. Still, there's no harm in putting a full stop to one's disagreeable thoughts by looking at a mark on the wall.

Indeed, now that I have fixed my eyes upon it, I feel that I have grasped a plank in the sea; I feel a satisfying sense of reality which at once turns the two Archbishops and the Lord High Chancellor to the

ditos sino los descendientes de brujas y ermitaños que se agazapan en cuevas y bosques preparando hierbas, interrogando a ratones arpía y escribiendo el lenguaje de las estrellas? Y cuanto menos los honramos, a medida que disminuyen nuestras supersticiones y aumenta nuestro respeto por la belleza y la salud de la mente... Sí, una podría imaginar un mundo muy agradable. Un mundo tranquilo y espacioso, con las flores tan rojas y azules en los campos abiertos. Un mundo sin profesores ni especialistas ni amas de casa con perfiles de policías, un mundo que se podía rebanar con el pensamiento como un pez rebanaba el agua con su aleta, rozando los tallos de los nenúfares, colgado sobre nidos de blancos huevos de mar... Qué tranquilidad hay aquí abajo, arraigada en el centro del mundo y mirando hacia arriba a través de las aguas grises, con sus repentinos destellos de luz, y sus reflejos... si no fuera por el *Almanaque* de Whitaker... ¡si no fuera por la *Tabla de Precedencia*!

Debo saltar y ver por mí misma qué es realmente esa marca en la pared... ¿un clavo, una hoja de rosa, una grieta en la madera?

Aquí está la naturaleza una vez más en su viejo juego de auto-preservación. Esta línea de pensamiento, percibe, amenaza con un mero desperdicio de energía, incluso con una colisión con la realidad, porque ¿quién será capaz de levantar un dedo contra la *Tabla de Precedencia* de Whitaker? Al Arzobispo de Canterbury le sigue el Lord Canciller; al Lord Canciller le sigue el Arzobispo de York. Cada uno sigue a alguien, tal es la filosofía de Whitaker; y lo importante es saber quién sigue a quién. Whitaker lo sabe, y deja que eso, así lo aconseja la Naturaleza, les consuele, en lugar de enfurecerlos; y si no pueden consolarse, si debes romper esta hora de paz, piensa en la marca en la pared.

Entiendo el juego de la Naturaleza... su incitación a la acción como forma de acabar con cualquier pensamiento que amenace con excitar o doler. De ahí, supongo, nuestro ligero desprecio por los hombres de acción... hombres, suponemos, que no piensan. Sin embargo, no hay nada malo en poner fin a los pensamientos desagradables mirando una marca en la pared.

De hecho, ahora que he fijado mis ojos en esto, siento que he aferrado un tablón en el mar; siento una satisfactoria sensación de realidad que al mismo tiempo convierte a los dos Arzobispos y al Lord Canciller en

shadows of shades. Here is something definite, something real. Thus, waking from a midnight dream of horror, one hastily turns on the light and lies quiescent, worshipping the chest of drawers, worshipping solidity, worshipping reality, worshipping the impersonal world which is a proof of some existence other than ours. That is what one wants to be sure of... Wood is a pleasant thing to think about. It comes from a tree; and trees grow, and we don't know how they grow. For years and years they grow, without paying any attention to us, in meadows, in forests, and by the side of rivers—all things one likes to think about. The cows swish their tails beneath them on hot afternoons; they paint rivers so green that when a moorhen dives one expects to see its feathers all green when it comes up again. I like to think of the fish balanced against the stream like flags blown out; and of water-beetles slowly raising domes of mud upon the bed of the river. I like to think of the tree itself: first the close dry sensation of being wood; then the grinding of the storm; then the slow, delicious ooze of sap. I like to think of it, too, on winter's nights standing in the empty field with all leaves close-furled, nothing tender exposed to the iron bullets of the moon, a naked mast upon an earth that goes tumbling, tumbling, all night long. The song of birds must sound very loud and strange in June; and how cold the feet of insects must feel upon it, as they make laborious progresses up the creases of the bark, or sun themselves upon the thin green awning of the leaves, and look straight in front of them with diamond-cut red eyes... One by one the fibres snap beneath the immense cold pressure of the earth, then the last storm comes and, falling, the highest branches drive deep into the ground again. Even so, life isn't done with; there are a million patient, watchful lives still for a tree, all over the world, in bedrooms, in ships, on the pavement, lining rooms, where men and women sit after tea, smoking cigarettes. It is full of peaceful thoughts, happy thoughts, this tree. I should like to take each one separately—but something is getting in the way... Where was I? What has it all been about? A tree? A river? The Downs? Whitaker's Almanack? The fields of asphodel? I can't remember a thing. Everything's moving, falling, slipping, vanishing... There is a vast upheaval of matter. Someone is standing over me and saying—

«I'm going out to buy a newspaper.»

sombras de sombras. Aquí hay algo definitivo, algo real. Así, al despertar de un sueño de horror a medianoche, una se apresura a encender la luz y se queda quieta, adorando la cómoda con sus cajones, adorando la solidez, adorando la realidad, adorando el mundo impersonal que es una prueba de alguna existencia distinta a la nuestra. Eso es lo que una quiere tener en claro... La madera es algo agradable de pensar. Viene de un árbol; y los árboles crecen, y no sabemos cómo crecen. Durante años y años crecen, sin hacernos caso, en los prados, en los bosques y a la orilla de los ríos... todo lo que a una le gusta pensar. Las vacas agitan sus colas bajo ellas en las tardes calurosas; pintan los ríos de un color tan verde que cuando una gallina de agua se sumerge una espera ver sus plumas todas verdes cuando vuelve a salir a la superficie. Me gusta pensar en los peces en equilibrio contra la corriente como banderas desplegadas; y en los escarabajos de agua levantando lentamente cúpulas de barro sobre el lecho del río. Me gusta pensar en el propio árbol: primero la sensación de sequedad y cercanía de la madera; luego el rechinar de la tormenta; después el lento y delicioso rezumar de la savia. También me gusta pensar en ello, en las noches de invierno, de pie en el campo vacío con todas las hojas cerradas, nada tierno expuesto a las balas de hierro de la luna, un mástil desnudo sobre una tierra que va dando tumbos, tumbos, toda la noche. El canto de los pájaros debe sonar muy fuerte y extraño en junio; y qué frío deben sentir los insectos en sus pies sobre ella, mientras avanzan laboriosamente por los pliegues de la corteza, o se asolean sobre el delgado toldo verde de las hojas, y miran de frente con ojos rojos como diamantes... Una a una las fibras se quiebran bajo la inmensa presión fría de la tierra, luego llega la última tormenta y, al caer, las ramas más altas se hunden de nuevo en el suelo. Aun así, la vida no está acabada; hay un millón de vidas pacientes y vigilantes todavía para un árbol, en todo el mundo, en los dormitorios, en los barcos, en las aceras, en las habitaciones, donde hombres y mujeres se sientan después del té, fumando cigarrillos. Está lleno de pensamientos pacíficos, de pensamientos felices, este árbol. Me gustaría tomar cada uno por separado... pero algo se interpone... ¿Dónde estaba yo? ¿De qué se trata todo esto? ¿Un árbol? ¿Un río? ¿Los Downs? ¿El *Almanaque* de Whitaker? ¿Los campos de asfódelos? No puedo recordar nada. Todo se mueve, cae, se desliza, se desvanece... Hay una gran agitación de la materia. Alguien está de pie sobre mí y dice...

«Voy a salir a comprar un periódico».

«Yes?»

«Though it's no good buying newspapers... Nothing ever happens. Curse this war; God damn this war!... All the same, I don't see why we should have a snail on our wall.»

Ah, the mark on the wall! It was a snail.

«¿Sí?».

«Aunque no es bueno comprar periódicos... Nunca pasa nada. Maldita guerra; ¡maldita sea esta guerra!... De todos modos, no veo por qué debemos tener un caracol en nuestra pared».

¡Ah, la marca en la pared! Era un caracol.

Rosetta Edu

CLÁSICOS EN ESPAÑOL

Esperamos que hayas disfrutado esta lectura. ¿Quieres leer esta obra en ebook?

En nuestro Club del Libro encontrarás artículos relacionados con los libros que publicamos y la literatura en general. ¡Suscríbete en nuestra página web y te ofrecemos un ebook gratis por mes!

Recibe tu copia totalmente gratuita al unirte a nuestro *Club del libro* en rosettaedu.com/pages/club-del-libro o escaneando este QR code con tu dispositivo.

Rosetta Edu

CLÁSICOS EN ESPAÑOL

Una habitación propia se estableció desde su publicación como uno de los libros fundamentales del feminismo. Basado en dos conferencias pronunciadas por Virginia Woolf en colleges para mujeres y ampliado luego por la autora, el texto es un testamento visionario, donde tópicos característicos del feminismo por casi un siglo son expuestos con claridad tal vez por primera vez.

Basta pensar que *La guerra de los mundos* fue escrito entre 1895 y 1897 para darse cuenta del poder visionario del texto. Desde el momento de su publicación la novela se convirtió en una de las piezas fundamentales del canon de las obras de ciencia ficción y el referente obligado de guerra extraterrestre.

Otra vuelta de tuerca es una de las novelas de terror más difundidas en la literatura universal y cuenta una historia absorbente, siguiendo a una institutriz a cargo de dos niños en una gran mansión en la campiña inglesa que parece estar embrujada. Los detalles de la descripción y la narración en primera persona van conformando un mundo que puede inspirar genuino terror.

rosettaedu.com

Rosetta Edu

EDICIONES BILINGÜES

De Jacob Flanders no se sabe sino lo que se deja entrever en las impresiones que los otros personajes tienen de él y sin embargo él es el centro constante de la narración. La primera novela experimental de Virginia Woolf trabaja entonces sobre ese vacío del personaje central. Ahora presentado en una edición bilingüe facilitando la comprensión del original.

Durante décadas, y acercándose a su centenario, *El gran Gatsby* ha sido considerada una obra maestra de la literatura y candidata al título de «Gran novela americana» por su dominio al mostrar la pura identidad americana junto a un estilo distinto y maduro. La edición bilingüe permite apreciar los detalles del texto original y constituye un paso obligado para aprender el inglés en profundidad.

El Principito es uno de los libros infantiles más leídos de todos los tiempos. Es un verdadero monumento literario que con justicia se ha convertido en el libro escrito en francés más impreso y traducido de toda la historia. La edición bilingüe francés / español permite apreciar el original en todo su esplendor a la vez que abordar un texto fundamental de la lengua gala.

rosettaedu.com

Printed in Great Britain
by Amazon